阿瑟·米勒 作品系列

A View from the Bridge

桥头眺望

阿瑟·米勒 著 屠珍 梅绍武 译

上海译文出版社

目　录

导言

美国戏剧的良心：阿瑟·米勒

在当代美国剧作家当中，自尤金·奥尼尔于一九五三年逝世后，最受西方重视的当属阿瑟·米勒、田纳西·威廉斯和爱德华·阿尔比三人。阿尔比属于荒诞派之列。米勒和威廉斯则接近现实主义，他俩都在探讨“人生意义”，但两人的创作方法迥然不同。威廉斯以《玻璃动物园》、《欲望号街车》和《热铁皮屋顶上的猫》三剧赢得了国际声誉，是一位斯特林堡式的作家；他侧重情感，注重剖析人的境遇和精神状态，而其笔下的人物也多半是精神上深受压抑或遭到社会排斥的底层人物。威廉斯力求通过剧作来揭示当代美国的社会病态，探讨人生的真正价值。米勒则以《推销员之死》、《萨勒姆的女巫》和《桥头眺望》等剧获得国际声誉，是一位易卜生式的社会剧作家；他着重理智，关怀整个人性。他认为舞台应是一个比单纯娱乐更为重要的传播思想的媒介，应为一个严肃的目标服务。

阿瑟·米勒本人曾说“艺术应该在社会改革中发挥有效作用”①，“伟大的戏剧都向人们提出重大问题，否则就只不过是纯艺术技巧罢了。我不能想象值得我花费时间为之效力的戏剧不想改变世界，正如一个具有创造力的科学家不可能不想证实各项已知事物的正确性”②。

一

阿瑟·米勒一九一五年十月十七日出生于纽约。父亲是犹太裔的妇女时装商，于三十年代初美国经济大萧条时期破产；母亲是中学教员，为此只好靠变卖她的首饰维持家庭生计，渡过难关。米勒中学毕业后到一家汽车零件批发公司工作了两年，积攒些钱后进入密歇根大学新闻系和英文系学习，开始试写剧本，并两次获得校

① 阿瑟·米勒：《时移世变》（自传），格罗夫出版社，第 93 页。
② 阿瑟·米勒：《时移世变》（自传），第 180 页。

内霍普沃德写作竞赛戏剧奖。在校内，他为了获得生活补助金，曾在生物试验室任养鼠员，并在学生主办的校园《日报》社担任记者和编辑。一九三八年，他获文学学士学位，从该校毕业后，一九四一年至一九四四年期间，他在一家制盒工厂干活，后又在海军船坞充当安装技工的助手，同时为哥伦比亚广播公司和全国广播公司撰写广播剧。他还当过卡车司机、侍者、面包房送货员、仓库管理员和电台歌手。一九四四年，他到陆军十一营为电影《大兵故事》收集素材，出版了报告文学《处境正常》，同年《鸿运高照的人》问世，这是他第一部在百老汇上演的剧本。

一九四七年，米勒的剧本《都是我的儿子》上演，获纽约剧评界奖，使他一举成名。这是一出易卜生式的社会道德剧，写一家工厂老板在第二次世界大战期间向军方交付不合格的飞机引擎的汽缸，致使二十一名飞行员坠机身亡。他嫁祸于人，虽然逃脱了法律制裁，却受到良心的谴责。最后他认识到那些丧命的飞行员“都是我的儿子”，遂饮弹自尽。

接着，《推销员之死》于一九四九年发表，在百老汇连续上演了七百四十二场，荣获普利策奖和纽约剧评界奖，从而使米勒赢得国际声誉。剧本叙述一名推销员威利·洛曼悲惨的遭遇。威利因年老体衰，要求在办公室里工作，却被老板辞退。他气愤地说：“我在这家公司苦苦干了三十四年，现在连人寿保险费都付不出！人不是水果！你不能吃了橘子扔掉皮啊!”（剧中一直没有交代他在推销什么，有人问作者，他说：“威利在推销他自己。”）威利在懊丧之下，责怪两个儿子不务正业，一事无成。儿子反唇相讥，嘲笑他不过是个蹩脚的跑街罢了。老推销员做了一辈子美梦，现在全都幻灭了，自尊心受到严重挫伤。他梦呓似的与他那已故的、在非洲发财致富的大哥争论个人爱好的事业，最后他为了使家庭获得一笔人寿保险费而在深夜驾车外出撞毁身亡。全剧手法新颖，无需换景，借助灯光即可随时变换时间和地点。剧中现在和过去的事相互交错。这出戏在一定程度上批判了美国的商业竞争制度。

五十年代初，米勒改编的易卜生的《人民公敌》上演，也获得好评。当时美国麦卡锡主义兴起，米勒于一九五三年根据北美殖民地时代的一桩株连无数人的“逐巫案”写出了历史剧《炼狱》，以影射当时非美活动调查委员会对无辜人士的迫害。这一时期，米勒因早期参与左翼文艺活动而屡次受到非美活动调查委员会的传讯。一九五七年，他因拒绝说出以前曾和他一起开过会的左派作家和共产党人的名字而被判“蔑视国会”罪，处以罚金和三十天徒刑，缓期执行，直到一九五八年八月上诉法院才将这一罪名撤销。这一时期，他还写了一出反映三十年代美国职工生活、带有自传性的感伤独幕剧《两个星期一的回忆》和一出反映意大利籍工人在美国的不幸遭遇的两幕悲剧《桥头眺望》。米勒于一九五六年和一九五九年先后获密歇根大学荣誉文学博士学位和美国全国文学艺术研究院金质戏剧奖章。

一九五五年米勒和妻子玛丽·斯赖特瑞离婚，次年与好莱坞名演员玛丽莲·梦露结婚。一九六〇年他把自己的一个短篇小说改编成同名电影剧本《乱点鸳鸯谱》，由梦露和克拉克·盖博主演。一九六一年电影拍摄完成后，两人因性格悬殊而离婚。一九六二年他与奥籍摄影家英格博格·莫拉斯结婚。

一九六四年米勒发表了一出反映现代人在社会上生存问题的自传性色彩相当浓厚的剧本——《堕落之后》。剧情是一名律师昆廷因两次婚姻失败，回忆他和两个离了婚的妻子之间的爱恨交织的关系，以及新近相识的奥籍考古学家霍尔佳给他带来恢复生活信心的希望。剧中还穿插了昆廷回忆自己的父母之间的纠葛，纳粹集中营的惨状和非美活动调查委员会对左翼知识分子的传讯。昆廷经过对生活经历的反思领悟到人类自从亚当犯了原罪堕落之后，就具有犯罪的本能和残杀成性、背信弃义等品质；人只认识到爱是远远不够的，更需要面对生活而无所畏惧。有些西方评论家认为米勒敢于暴露自己的灵魂而写出了一部意义深远的自传体文献，堪与奥尼尔的《长夜漫漫路迢迢》相并列而无愧。但是，剧中的当红歌星玛吉痛恨那些围在她周围的人只知让她为他们挣钱而丝毫不知感恩，并且影响她不能成为一名优秀的艺术家，加上她与昆廷结合后，因性格各异，时常发生顶撞，以致她厌倦生活，最后吞服安眠药自杀。玛吉俨然是玛丽莲·梦露的化身，剧情中也有多处可同米勒的往事相印证，因此有些西方评论家认为米勒在距离梦露死去不到一年半光景就把夫妇私情以戏剧方式赤裸裸地公之于世似嫌不符忠厚之道。例如剧评家罗勃特·布鲁斯就坦称此剧为“一个不足道的剧本，不匀称，冗长乏味而混乱”，并讥讽米勒是“在跳精神上的脱衣舞，而乐队却伴奏着‘是我的错’的节奏”。[①] 米勒本人认为这个剧本一时不易让人理解，但迟早会被公认为他的最佳之作。

同年，他还发表了一个独幕剧《维希事件》，进一步探讨了前一出戏的主题——人与他所憎恶的邪恶之间的关系，人类理智的沦亡和道义价值的丧失。这出戏描写德国法西斯分子在法国维希的一个拘留所里审讯犹太人时骇人听闻的情景。米勒认为大多数观众能理解这出戏不只是一个战争时期的故事，其中根本的争论点同我们当今活着的人息息相关，而且它必然涉及我们每个人同非正义和暴力之间的关系。

一九六五年至一九六九年，米勒连任两届国际笔会主席，曾多次投入拯救被关押的国内外同行的活动，如尼日利亚剧作家兼诗人渥雷·索因卡一九六六年曾被政府当局拘捕，有被处死的危险，就是经过米勒出面营救才得以获释的，后来索因卡在一九八六年荣获诺贝尔文学奖。

一九六八年，他发表的心理问题剧《代价》描写兄

① 《新共和》杂志第 150 期，1964 年，第 26—30 页。

弟俩因所走的道路不同而产生的隔阂，对当代西方人盲目追求物质生活的现象作了一定程度的谴责。一九七二年他发表的《创世记和其他事业》是一出以漫画手法重述《圣经》中亚当和夏娃以及该隐杀弟的故事。剧名中的“其他事业”涉及当今舞台上追求“噱头”的喜剧。该剧虽是一出轻喜剧，却在每场提出一个哲理问题，如“人在需要正义的时候，上帝为什么继续制造非正义”等。全剧可以说是上帝和撒旦之间关于善恶性质的一场争论，而以《创世记》故事阐明各自的立场。米勒以讽刺的笔触使魔鬼在两者之间显得更具魅力，有时像人类的普罗米修斯，有时又颇像人间狂暴的独裁者。此剧受到西方剧评家的攻击，仅上演了十二场。米勒对此不服，次年又把它改编成音乐剧《来自天堂》，在他的母校密歇根大学公演。米勒于一九七二年当选为民主党全国大会代表。

一九七七年，他发表了《大主教宅邸的顶棚》，剧情是东欧某个国家一位知名作家由于写了一封信给联合国谴责自己国家内部的弊端而要么流亡，要么等待以叛国罪受审。最后他决定留下来，把部分手稿委托一位美国作家朋友偷运出去，尽管那位朋友可能会遭到当局的逮捕。场景是一间曾是大主教宅邸的房间，剧中人都相信顶棚装有窃听器。米勒借此隐喻人对自己的命运无法确知，人际关系的复杂，以及人不可轻信他人。

八十年代初，米勒受美国作家斯特兹·特克尔《艰难的日子：一部关于大萧条时期的口述历史》（一九七〇）一书的启发，写出一部以三十年代美国经济大萧条为背景的社会剧《美国时钟》，目的是使年轻一代美国人了解美国那一段悲惨的历史。一九八〇年，他还把以色列歌唱家法尼亚·费娜隆的回忆录改编成了一部电视剧《为了生存的演奏》，内容完全依据历史事实：法尼亚·费娜隆是一位有一半犹太血统的法国艺人，二次大战中被关进奥斯威辛集中营，由于她是巴黎夜总会的名歌星，集中营的女管理员发现后把她编入由女犯人组成的乐队，为纳粹军官演出。费娜隆因此而得以避免葬身煤气室的命运。费娜隆在战后定居以色列，一九七八年出版了她的回忆录，此书曾轰动一时，各国犹太人团体都曾借重她作为希特勒迫害犹太人的见证，抗议纳粹势力的复苏。但该片由于让一位公开反对以色列而支持巴勒斯坦的美国女明星范尼莎·赖特格莱主演，引起犹太人抗议的风波，后经多方磋商，才得以播出。西方评论界基本上对该片予以肯定，认为它是一部揭露希特勒排犹罪行、为犹太民族伸张正义的电视剧。

一九七八年，米勒夫妇来华访问，同我国戏剧界同行切磋艺事，回国后出版了一本反映中国人民生活的图文并茂的《访问中国》。一九八一年，上海人民艺术剧院上演了由黄佐临同志导演，米勒自己推荐的《炼狱》（演出时改名为《萨勒姆的女巫》）一剧。一九八三年，米勒再度来华，亲自导演了他的名剧《推销员之死》，由北京人民艺术剧院上演，获得很大成功。一九八四年，他出版了《“推销员”在北京》一书，记述了他在北京执导《推销员之死》一剧的经过，阐述了他对戏剧的精辟见解。

一九八二年，他发表的两个独幕剧《某种爱情故事》和《献给一位女士的哀歌》没有引起西方戏剧界的重视。两剧后在英国以《两面镜》为书名于一九八四年出版。一九八七年，他又推出两部独幕剧《往事如烟》和《克拉拉》，以《危险：回忆！》为书名出版。这两出戏于一九八七年二月八日开始在林肯艺术中心上演，受到好评。《往事如烟》描写两位老人之间的故事。女主人公莉奥诺拉是个阔寡妇，当她看到当今文明世界充斥着野蛮暴行和狂言时，感到幻想破灭，一切无望，遂到苏格兰隐居，有意想把现实中的严酷事实从记忆中驱逐出去。一天，她回到康涅狄格州乡间拜访老朋友利奥，晚餐时两人发生了争执。利奥是个共产党人，坚持致力于他的政治事业，拒绝放弃信仰，对世界的未来充满希望。利奥同莉奥诺拉猜字谜时，诙谐地阐明了他对人类的看法，言谈中对她做出了巧妙的挑战。《克拉拉》一剧描写有关一起谋杀案的审讯。女社会工作者克拉拉被人暗杀，而凶犯又很可能是曾被她“平反昭雪”的罪犯之一，警察当局严厉盘问克拉拉的父亲，以图从他口中获取一些线索，但克拉拉的父亲始终对女儿的生活守口如瓶，不肯透露。剧中还穿插了对越南战争和大屠杀的回忆等等。米勒说，这两出戏写的是“人们力图忘记过去，以及人们有意为忘却痛苦而采取的办法，但是这有时又会使你感到如负重罪，痛苦难熬，压得你喘不过气来”。显然米勒写此两剧旨在揭示当今西方世界的复杂的人际关系以及频频出现的暴力现象。

一九八七年，米勒还发表了他的长达五十余万字的自传《时移世变》，对他所走过的漫长曲折而又丰富多彩的生活和艺术道路做了深沉的回顾和反思，随带着也对人生、社会和历史做出了严肃的思考。书中有一段记载他一九八四年荣获华盛顿肯尼迪艺术中心荣誉奖，出席国务院招待肯尼迪荣誉奖获得者的宴会，官方主人是乔治·舒尔茨国务卿。由于国务院餐厅正在翻修，临时改在坎农办公大楼一间餐厅里举行，米勒恍惚觉得以前曾经来过那间屋子，后来发现那正是当年非美活动调查委员会审讯他的那间屋子，使他不禁感慨万千。米勒写道：

> 看来唯一使我有所感的是一种讽刺意味：一想到当年就是在这间屋子里，热浪滚滚的煤气曾经朝我迎面扑来，真叫我觉得这种讽刺冰冷得像金属块一样。我环视那些兴高采烈的来宾，那位容光焕发、面带微笑的国务卿，以及其他几位获此殊荣的知名人士，再一次觉得自己是个朝里张望的局外人，甚至觉得这一切不像是真的。我料想这大概是因为我体验过当年那种冷酷无情的排斥，势必不会轻易地就在这样的典礼盛会上领受对我如此和谐的祝贺。不

过，我还是能——怀着几分热情——享受这种兴高采烈的场面。也许我有一种幻觉，认为自己已经不再畏惧权势，已经跟它够接近了，足以认清权势所拥有的一切没有什么是我可要的。我以前对这个制度持续不断的善行所怀有的不少信念，现在也在内心泯灭了。在这两次场合中，唯一没有变化的是那面国旗，它如今挂在墙边的旗杆上面，也许就是当年挂在沃尔特议员脑袋后边的那一面；我回想起当时它如何叫我尽管放心，虽然我明白它对世间许多别人来说，象征着残酷的富裕和傲慢的蒙昧。但是，怎样才能在我这一生当中把这一切连贯起来呢？或许我只好满足于把这看成全是一场梦，一场不断流放和不断回归的梦吧。[①]

进入九十年代，米勒为避免他所谓的百老汇的“黑色失败主义”，开始在英国伦敦首演他一九九一年写的新剧《驶下摩根山》。剧中描述一个颇有声望的商人莱

① 阿瑟·米勒：《时移世变》（自传），第452页。

曼·费尔特驾车在摩根山上失事；他躺在纽约北部一家医院的病床上，他的两个妻子都去看望他，首次在病床边相遇，使他十分尴尬，从而在昏迷中进行反思，认识到自己所犯重婚罪的不可饶恕以及背叛行为的可耻。结局是两个妻子和他的子女都抛弃了他。评论界对此剧褒贬不一。米勒本想把此剧写成一部道德喜剧，却似乎没有达到预期目的。一九九三年和一九九四年，米勒又先后发表了独幕剧《最后的美国佬》和两幕剧《破碎的镜子》，进一步探讨了西方世界人与人之间的疏离、人的自我否定以及人对往事的遗忘等等事实。米勒在《破碎的镜子》一剧中再次以鉴古知今的手法提醒人们勿忘当年希特勒迫害犹太人的罪行，对当今法西斯主义复苏的趋势勿持旁观态度。此剧获英国一九九五年度奥立弗最佳戏剧奖。

二

一般认为，《推销员之死》、《萨勒姆的女巫》、《两个星期一的回忆》、《桥头眺望》和《美国时钟》为阿瑟·米勒比较主要的剧作。

《推销员之死》

《推销员之死》是米勒第一部获得普利策奖的成功之作，也是使他享有国际声誉的代表作。此剧虽获得许多嘉奖，受到观众欢迎，但是当时也遭到不少攻击。报刊上出现许多从政治、社会和心理角度评论它的文章。有的认为此剧虽有批判美国商业制度的意图，但其结果不过是描绘了一个小人物的潦倒失败而已。另一右派刊物称它为“一枚被巧妙地埋藏在美国精神大厦内的定时炸弹”。还有的把米勒看成是“一个被悲剧所迷惑的马克思主义者”，称此剧是“共产党的宣传”。美国《工人日报》也认为它是一出内容颓废的戏。西班牙上演此剧后，天主教派报刊甚至把它视为“不信仰上帝的灵魂遭到幻灭的明证”。①

但是，美国某一推销员协会却把作者奉为自己的守护神，而另有一些推销员商会则抱怨说，由于它的影响，使他们在招聘新推销员时遇到了困难。好莱坞曾不惜耗资百万把它拍成电影，却又害怕它在社会上引起不

---

① 罗伯特·阿·马丁编《阿瑟·米勒戏剧散文集》，维京出版社，1978 年，第 140 页。

良后果，挖空心思在正片前加演一部文献纪录片，特意说明推销业对社会经济是多么地重要，推销员的生活是多么有保障，而正片中的主角只不过是极其个别的例子而已。

米勒在与《纽约时报》记者的一次谈话中强调他写此剧的主要动机是想“维护个人的尊严”。他还在一篇文章中说，此剧“自始至终贯串着一个人在世态炎凉的社会中生存的景象。那个世界不是一个家，甚至也不是一个公开的战场，而是一群克服失败的恐惧、前途无量的人物的盘踞地”①。一九八三年，米勒在北京时又说：“我是要探索如何通过一出戏反映社会、家庭和个人的现实，以及人的梦想。写这出戏时，我抛开了一切顾虑，只追求写出反映真实的内容……这出戏一直保持着它的影响，因为它反映了这个混乱的现代社会中各种自相矛盾的现象，包括精神生活方面的自相矛盾。”② 在他的自传中，米勒还透露道：

---

① 罗伯特·阿·马丁编《阿瑟·米勒戏剧散文集》，维京出版社，1978 年，第 143 页。

②《阿瑟·米勒在〈外国戏剧〉编辑部做客》一文，北京《外国戏剧》，1983 年，第 3 期，第 7 页。

我在写作过程中嗤嗤发笑，主要是针对威利那种彻头彻尾自相矛盾的心理，正是在这种笑声中突然有一天下午冒出了这出戏的剧名。以往有些剧本，诸如《大主教面临死亡》、《死亡和处女》四部曲等等——凡是剧名带有“死”这个字眼儿的戏素来都是既严肃又高雅的，而现在一个诙谐人物，一大堆伤心的矛盾，一个丑角，居然要用上它啦，这可真有点叫人好笑，也有点刺目。对，我的脑海里可能隐藏着几分政治；当时到处弥漫着一个新的美利坚帝国正在形成的气氛，也因为我亲眼见到欧洲渐渐衰亡或者已经死亡，所以我偏要在那些新头目和洋洋自得的王公面前横陈一具他们的信徒的尸体。在这出戏首演那天晚上，一个女人，我姑且隐其名，愤恨地把这出戏称作“一枚埋在美国资本主义制度下面的定时炸弹”；我倒巴不得它是，至少是埋在那种资本主义胡扯的谎言下面，埋在那种认为站在冰箱上便能触摸到云层、同时冲月亮挥舞一张付清银行购房贷款的收据而终于成功之类的虚假生活下面。[1]

总之，米勒在此剧中有意无意地戳穿了美国社会流行的人人都能成功这一“美国梦”的神话。

《萨勒姆的女巫》

《萨勒姆的女巫》描写的是一六九二年在北美马萨诸塞州萨勒姆镇发生的迫害“行巫者”的案件。当时那里居住着一支盲信的教派（清教徒），形成一种政教合一的统治，他们排斥异教徒，制定了自己的清规戒律，禁止任何娱乐活动，实行禁欲主义。一场“逐巫案”就是在这种基础上发生的，而在这场骗局的背后则是富豪们对土地的吞并和掠夺，结果酿成了萨勒姆镇的一场四百多人被关进监狱、七十二人被绞死的悲剧。米勒在此剧中成功地塑造了男主人公普洛克托的英勇形象，他被人诬陷，遭宗教法庭处以重罪投进地牢。他虽有强烈的求生欲望，却不愿以出卖朋友、出卖灵魂为代价换取屈辱的生存，最后毅然走上绞刑架。他以自己的死严正宣

① 阿瑟·米勒：《时移世变》（自传），第184页。

告了人的尊严和正直的美德是不可侮的，因而也是不可战胜的；而宗教束缚和神权压迫则违背人性，是反人道反科学的，因而是腐朽的，必然会灭亡的。

五十年代初美国麦卡锡主义猖獗一时，米勒本人也屡次受到非美活动调查委员会的传讯，并被判处“藐视国会”罪。因此，关于《萨勒姆的女巫》，西方一般剧评家都认为米勒是有意识地借这部关于宗教迫害的剧本影射当时非美活动调查委员会对无辜人士的政治迫害。米勒承认有此意图，但强调此剧具有远比只是针砭一时的极右政治更为深远的道德涵义，旨在揭露邪恶，赞颂人的正直精神。美国剧评家马丁·哥特弗里德认为此剧“可与米勒自己在美国众议院非美活动调查委员会上作证时英勇不屈、慷慨陈词的表现相提并论。作为一部戏剧作品，它结构匀称，充满激情；作为一部伸张正义的作品，它具有一种罕见的庄严气氛”。

《萨勒姆的女巫》于一九五三年在美国纽约上演后，受到观众热烈的欢迎，荣获安东纳特·佩瑞奖。一九五七年，法国著名作家让-保罗·萨特把它改编为电影剧本。一九六二年，苏联斯坦尼斯拉夫斯基剧院在排演时强调了剧作的现代影响：爱好自由的人类精神对抗邪恶和反动势力的胜利。一九六五年，英国老维克剧团由著名戏剧家劳伦斯·奥立弗执导并主演此剧，轰动一时。此剧还曾在其他许多国家上演，卖座率始终不衰，成为阿瑟·米勒的一部最能持久上演的剧本。

一九八一年九月，上海人民艺术剧院将这出戏搬上我国舞台；黄佐临先生亲自执导，深刻发掘剧本本质，并给予鲜明的舞台体现，得到历经十年浩劫的我国观众深刻的理解。一位观众写信道："欣赏阿瑟·米勒这出名剧，得到一次高级的享受，十分感谢！为了维护政教合一，为了巩固其蛮横不合理的统治，不惜愚昧乡民，造谣诬陷，草菅人命，前两幕揭露已很有力，后两幕则更为深刻。"① 另一位观众在信中感慨地说："历史常有惊人的相似之处，这个教训太深刻了，历史悲剧不能再重演！"②

《两个星期一的回忆》

此剧自传性浓厚，写的是纽约一家汽车零件批发公

---

①《星期六评论》，1979 年。

②《谈佐临导演的〈萨勒姆的女巫〉》一文，北京《外国戏剧》，1982 年，第 2 期。

司顶楼发货室里职工工作的情况。他们浑浑噩噩地过日子，有的酗酒、寻欢作乐，有的胸无大志、过一天算一天，有的因年老体衰即将被老板辞退。青年职工伯特（当年作者本人）无限感慨地说："每天早晨看到他们为什么使我伤心泪下？这就像是在地铁里，每天看到同一些人上，同一些人下，唯一的变化是他们衰老了。上帝！有时这真把我吓呆了；我在这个世界上，就像在一个偌大的房间里来回冲撞，从南墙到北墙，从北墙到南墙，永远没有个头啊！就是没有个头啊！"伯特后来攒够了钱去上大学，临行时向大家告别，但他们却忙于干活儿，对他离去毫无表示，他只得默默地走了。

有些英美剧评家认为这出戏像"活报剧"，是在批评人生的绝望和悲哀。米勒不同意这种看法，并称此剧是一出"哀婉的喜剧"，或是一部本世纪三十年代的文献记录。"我写这部剧本部分原因是想再体验一次那种公开而赤裸裸的贫困现实，同时也希望为自己表明希望的价值，以及为什么要产生希望，还有那些至少懂得如何忍受那种毫无希望的痛苦的人们所具有的英雄品质。”[①] 他认为剧中所谈的是“人生需要有一点诗意”，而且还承认他特别偏爱这出戏。

《桥头眺望》

此剧最初为独幕剧，一九五五年在美国上演并未受到重视，后米勒把它修改成两幕剧，于一九五六年在伦敦和巴黎上演时才获得成功。全剧写的是三十年代美国的意籍移民的生活。两名意大利年轻兄弟因在家乡失业而非法进入美国，暂居已归化为美国人的亲戚埃迪家中。哥哥挣钱寄回老家养活妻儿老小；未婚的弟弟却同埃迪养大的外甥女产生了恋情，遭到埃迪变态的妒忌和反对，并招致他向移民局告发，兄弟俩均被扣押。在保释期间，哥哥由于埃迪断送了他的生活出路而在一次争斗中把埃迪刺死，酿成一场悲剧。美国进步报刊当时曾给该剧以好评，认为米勒在此剧中有如实反映美国工人阶级生活的一个侧面的意图。

米勒说这出戏是他根据一桩真人真事写成的，他认

---

① 罗伯特·阿·马丁编《阿瑟·米勒戏剧散文集》，维京出版社，1978 年，第 164 页。

为剧中的主人公埃迪“并不是一个值得让人哀怜同情的人物，此剧也无意使观众落泪。但是，它却有可能使我们把埃迪的举动同我们自己的举动联系起来反省，从而更好地剖析自己，认识到我们不仅仅是一些孤立的心理实体，而是同自己同胞的命运和悠久的历史密切相连的”。[①] 此剧仍属于米勒一贯喜爱创作的社会道德剧，其中探讨了人性、人的尊严以及新旧道德概念和法则之间的冲突。在写作手法上，米勒在剧中安排一名律师来穿插叙述案情，起到了类似希腊悲剧中合唱队的作用。

《美国时钟》

此剧是米勒以三十年代美国经济大萧条为背景写出的一个社会剧。据他本人说，他是受美国作家斯特兹·特克尔《艰难的日子：一部关于大萧条时期的口述历史》一书的启发，经过多年酝酿才写成这出戏。特克尔通过他所访问的众多普通美国人的口述，以新闻体裁生动地反映了三十年代那场席卷整个资本主义世界的经济

---

① 阿瑟·米勒《桥头眺望》修订本前言。

危机给美国人民精神和生活带来的灾难，而米勒则把这一惊心动魄的悲惨景象更为真实地再现于舞台。全剧人物多达四十余个，几乎囊括了美国社会各阶层人士。有的美国剧评家由此而认为剧作家没有着重刻画三两个主人公的面貌，是此剧的一项缺陷，殊不知米勒的意图正在于说明那场危机“几乎触及了所有的人，不管他住在什么地方，也不管他处于什么样的社会地位”，他用戏剧形式在观众面前展现了一幅文献性壁画，侧重灾难的全貌，从而重振人们的尊严和信心。这种形式早在布莱希特的一些剧本和多斯·帕索斯的那部《美国》三部曲小说中有关新闻短片的章节里就已出现过，米勒则把它做了进一步的发挥。

米勒的剧本一向具有自传性质。由于他目睹了那场危机，《美国时钟》中的许多场景可以说是他根据回忆记录下来的真实情景，例如剧中人李中学毕业后因家庭生活拮据而不得不辍学进入工厂工作，就是他自己的一段亲身经历。又如米勒参加过当时的左翼运动，剧中一些青年钻研马克思和恩格斯著作，追求进步思想，尽管个别人有糊涂思想，也不足为怪，它仍然可以说是米勒对当时美国青年思想面貌如实的写照。尤其值得称道的是，全剧阐述了美国人民经历了那次浩劫后终于认识到“这个国家其实是属于他们的”。以这一思想转变作为全剧的结尾，说明米勒在创作思想上已突破了过去那种仅仅局限于描写资本主义社会中推销员等小人物的个人悲欢离合的狭隘题材。米勒写此剧的动机，无疑是想告诫美国人民，尤其是青年一代，不要在虚假的繁荣景象中忘却过去沉痛苦难的历史，其用心良苦使《美国时钟》具有较深刻的教育意义。

此外，米勒在这出戏的剧作手法上，也沿袭了他所惯用的倒叙穿插、不受时空限制的技巧，而且运用得更加自如。该剧布景简朴，场景转换迅速，道具由演员带上舞台，充分发挥舞台灯光的效果，这一切都显示出这位老剧作家仍然在不断探索戏剧创作的新手法。

《美国时钟》一九八〇年五月首演于南卡罗来纳州的斯波里多戏剧院，十一月移至纽约百老汇，但仅上演了十二场，未受到应有的重视。米勒并未气馁，对剧本做了精心的修改，于一九八四年奥运会前夕在洛杉矶马克·泰珀剧院再度公演，终于获得好评。同年英国伯明翰的轮换剧目剧院也上演了这出戏。《卫报》评论道：“与其说它是一出传统剧，毋宁说它是大萧条期间万花筒般的美国社会史。这出戏很可能不是米勒的杰作之一，但它表现了戏剧概括时代基调的力量。”一九九五年，英国阿瑟·米勒研究专家克里斯托弗·比格斯贝编辑的《阿瑟·米勒剧本选》（轻便本）中选入的《美国时钟》，又经米勒重新做了修订。

三

除去剧本，米勒还写过小说《焦点》、《我不再需要你：短篇小说集》和儿童读物《珍妮的毯子》等。他一九八七年发表的《时移世变》（自传）约五十余万言，堪称近年来美国出版的一本优秀自传。

在自传中，米勒叙述了犹太裔祖代从波兰移居新大陆后的创业经过以及父亲在三十年代初经济大萧条时期破产而由母亲典当求告挽救家庭困境的惨状，继而回忆了自己中学毕业后四处打工，干过不少种苦力活儿，一度幻想当歌星，后来积攒些钱进入密歇根大学学习，迷上戏剧，逐步成为剧作家的经历。在这期间，他接触到马克思主义，寄希望于苏联和社会主义，并积极从事左翼文艺和反法西斯等进步活动，导致五十年代中期遭到非美活动调查委员会的传讯，并被判处“藐视国会”罪。嗣后他参加了反越战运动，又积极投入国际笔会的活动。

书中详尽阐述了他一贯反对百老汇商业化戏剧的观点，他对戏剧所持有的精辟独到的见解，以及他创作每部剧作的艰苦历程。对众多同时代的剧作家、小说家和诗人（包括奥尼尔、奥德茨、威廉斯、海尔曼、斯坦贝克、梅勒、贝娄、庞德和弗罗斯特等人），他都给予不人云亦云的评价。他也接触到许多戏剧和电影界的导演和演员，诸如哈里·霍恩、伊莱亚·卡赞、李·斯特拉斯堡夫妇、劳伦斯·奥立弗和克拉克·盖博等人，对他们都作了细致而有趣的描绘。书中也包括了他的三次婚姻，首次披露了他与梦露一段姻缘的恩恩怨怨，他以深切同情的笔触描述了孤女出身的梦露受尽社会压力的折磨和别人的剥削、身心忧郁而艰苦奋斗的一生，批驳了外界对梦露的歪曲宣传；此外，他也欣慰地谈到他与奥籍摄影师英格博格·莫拉斯结合后互敬互爱的美好生活。

在写作结构上，米勒没有严格采取按年代顺序平铺直叙的手法，而是把一生事迹前前后后、纵横交错地穿插叙述，有时两三件事交叉进行，环环相扣，恰到好处，真有点像《推销员之死》的主人公威利·洛曼脑海中那种过去与现在的事交错闪现那样，或者说更像电影画面淡入淡出交叉隐现的技巧。这种新颖手法无疑使这部自传别具一格，使读者不觉得枯燥乏味。米勒的文笔犀利，隽永流畅，时而还充满诙谐幽默感，颇有契诃夫的风格（契诃夫是米勒最崇敬的两位作家之一，另一位是托尔斯泰）。在回顾往事时，他还夹叙夹议，其中不少富有哲理的涵义，发人深省，甚至可以使人从中得到启发和教益。

这部自传不单单是个人的感人肺腑的故事，而且近乎是一部当代美国社会编年史，为读者了解二十世纪美国文坛、剧坛以及美国社会不断演变的情况提供了丰富而珍贵的资料。

四

阿瑟·米勒不仅是美国当代著名剧作家，而且也是一位卓越的戏剧理论家。他论述戏剧的文章已由密歇根大学罗伯特·阿·马丁教授编成《阿瑟·米勒戏剧散文集》，于一九七八年出版，在西方戏剧界颇有影响。

米勒跟奥尼尔一样，创作的剧本多半是有关普通人的悲剧，他认为普通人与帝王将相同样适合作为高超的悲剧题材，但是他又不赞成把悲剧写成悲怆剧，在他看来，悲剧和悲怆剧之间的主要区别在于悲剧不仅给观众带来悲哀、同情、共鸣甚至畏惧，而且还超越悲怆剧，给观众带来知识或启迪。他认为悲剧是对为幸福而斗争的人类最精确而均衡的描绘，“因为悲剧是我们拥有的最完美的手段，它向我们显示我们是什么样的人，我们必须做什么样的人，或者我们应该力争做什么样的人”[1]。他也不同意那种认为悲剧作家都具有悲观主义的论调，“悲剧事实上所包含作家的乐观主义程度要比喜剧还要多，悲剧的最终结局应该是加强观众对人类的前景抱有最光明的看法”[2]。米勒这种见解无疑会加深人们对悲剧的理解。

米勒一贯反对西方商业化、纯娱乐性的庸俗戏剧，而坚信戏剧是一种反映社会现实的严肃事业。他认为剧作家如果不去调查社会作为一个明显而关键的部分所具

---

① 《阿瑟·米勒戏剧散文集》，第 11 页。

② 《阿瑟·米勒戏剧散文集》，第 6 页。

有的全部因果关系，就不可能创作出一部真正高水平的严肃作品。米勒一九五六年曾经在一篇题为《现代戏剧中的家庭》的文章里感叹道：

> 在过去的四五十年里，一般的现实主义遭到了攻击——原因在于它不能美妙而自如地在私人生活和社会生活之间越来越扩大的鸿沟上架起桥梁。表现主义对这也解决不了，因为它完全抛却心理上的现实主义而跨跃到单独描绘社会力量那一方面去了，从而使问题遗留下来。所以我们现在的许多剧本都或多或少具有颓废的气氛；在过去的十年里，这些剧本越来越趋向单独详述心理因素，而很少或无意把人物的社会作用和冲突弄清并加以戏剧化。任何一位明智的人显然都明白人类的命运是社会性的，所以把那些摒弃社会的作品归结为腐朽是恰当的。①

① 《阿瑟·米勒戏剧散文集》，第 82 页。

此外，米勒还曾说过：“社会在人之中，人在社会之中，你甚至不可能在舞台上创造出一个真实描绘出来的心理实体，除非你了解他的社会关系。”米勒的这种观点，即人的命运是社会性的，舞台应是一个较之单纯提供娱乐更为重要的传播思想的媒介，它应该为一个严肃的目的服务，是值得称道的。米勒在他改编的《人民公敌》序言中呼吁道：“剧作家必须再次表明有权利以他的思想和心灵来感染观众。公众也有必要再次认识到舞台是一个传播思想和哲学、极为认真地探讨人的命运的场所。”①

不过，米勒不赞成在剧作里干巴巴地说教。他主张戏剧应当使人类更加富有人性，也就是说，戏剧使人类不那么感到孤独。

在艺术创作手法上，阿瑟·米勒曾说他是“规规矩矩地以传统的现实主义为基础，而且试图使用各种方式来扩展它，以便直接甚至更猝然、更赤裸裸地提出隐藏在生活表面背后的、使我感动的事物”②。确实如此，米勒多次巧妙地运用了表现主义和象征主义等方式，丰

① 《阿瑟·米勒戏剧散文集》，第17页。
② 《阿瑟·米勒戏剧散文集》，第167页。

富了他的现实主义创作。他一直在不断地探索，不断地创新。

米勒对马克·吐温做出过这样的评论：“他并非在利用他那种跟同时代的公众幻觉相疏离的态度来抗拒他的国家，好像没有它也能生存似的，而显然是想借此来纠正它的弊端。”[①] 这恰恰也适用于米勒本人，正是他本人的写照。

一九七九年美国著名剧评家马丁·哥特弗里德在《星期六评论》杂志上撰文称米勒的《推销员之死》、《萨勒姆的女巫》和《桥头眺望》是“三部气势宏伟的剧本，具有显示人性的广泛内容，却又高于现实生活，因为它们诗意盎然并具有崇高的道德力量。毫无疑问，阿瑟·米勒是美国戏剧的良心”。他认为世界上只要还有舞台存在，这三出戏就会上演，传之不朽。

梅绍武

一九九七年初稿

一九九八年六月校订

---

① 阿瑟·米勒为《马克·吐温牛津选本》（牛津大学出版社，1966年）写的前言。

序　言*

一个剧能东山再起实为罕见。一部小说最初可能遭到冷遇，但是随着时间的推移，又可能得到公众的认可。而剧本跟小说不同，通常的命运要么一举成功，要么销声匿迹。我的两个剧本《萨勒姆的女巫》和《桥头眺望》在百老汇首演时都未能吸引住大量观众，可以说是一开始就坐了冷板凳。然而几年之后，《萨勒姆的女巫》在没有改动一词一句的情况下，在外百老汇重演，竟连续演出了两年。由于麦卡锡之死，人们对这个剧才有可能变得热乎起来。然而在他当权时期，这个剧被怀疑是一份特殊的抗辩书，是别有用心的，且匮乏美感。第二次上演期间，该剧的人情味体现了出来，已可以当做一个戏来欣赏了。

在写这篇序言之时，我还没有同意在纽约第二次上演《桥头眺望》，主要是因为我不想再次看到它遭受訾议。不论怎么说，在首演一年左右之后，该剧先是在伦敦，之后又在巴黎获得了极大的成功，连续上演达两年之久。本国观众也无一例外地受到此剧的触动。该剧和《萨勒姆的女巫》不同，我进行了修改。伦敦和巴黎就是演出的修改本。改动的性质直接影响着学生和戏剧工作者都感兴趣的形式和风格问题。

原剧（维京出版社，一九五五年版）在百老汇演出时只有一幕，是一个严谨、简洁、未加任何矫饰的剧本。任何一点不能最直接地推进埃迪悲剧的东西都不容存在。我在为出版那个剧本撰写的按语中这样写道："当我一天晚上从邻居那儿听到这个故事的时候，它给我留下的第一个印象是：那样开门见山，那样朴实无华，听来使人凝神屏息。我终于感觉到，它的毫无修饰，它的单刀直入、不旁生枝蔓的发展，它的一目了然的轮廓就正是它的睿智和迷人之所在，都是不容破坏的……我认为这些事件本身的性质，它们的网络结构，

---

* 作者将独幕剧《桥头眺望》扩展为两幕剧，1960 年由维京出版社出单行本，为此他专门写了这篇序言。

都比那种传统的表现方式更具心理方面的影响，传统方式必定会使其清晰完整而干净利落的悲剧结尾受到影响。”

对于这个观点的这一番解释在很大程度上是囿于写作该剧时的时代气氛。我觉得当时戏剧正退缩到对性心理传奇的探索之中，而这发生在国内外重大事件迫切要求人们去认识和分析研究的时候。总之，我对戏剧中仅有同情已感到厌倦了。另外还存在着一种被误解的受害者的现象也使我感到不安。我觉得那种脉脉温情被强调得太过分了。我想用一种不但能使人动情而且能发人深思的手法去写。使观众嘤嘤泣泣流下眼泪、用陈腐的悬念去吸引人们的注意、把生活戏剧化等等做法，就算不令人讨厌，也使人感到有种难以言表的荒谬可笑。

我感到，在《萨勒姆的女巫》中自己朝着使戏剧更富有思想意义方面迈进了一步。清教徒不仅富有感情，而且总是把自己的感情跟观念、跟法则、跟有重要社会意义和伦理意义的观点联系起来。我觉得，感情固然必须占有重要的位置；但戏剧的胜利不应当仅仅是战胜观众的冷漠。它必须提出一种新的思想，一种新的意识。

《桥头眺望》这个故事我很早就知道了，是一位知道埃迪原型的码头工人讲给我听的。我本来没想到要把这材料写成剧本，因为故事本身已经是那样完整，我实在没法再加点什么进去。然而后来正是它的完美无缺变得颇有吸引力。我突然想到，我应该把它原原本本地搬到舞台上去，这个故事的存在本身就确确实实应该被表现出来。我清楚自己之所以没能把它写出来是因为没能从整体上把握住这个故事的意义。我不能把它消化为自己的东西。它跟我若即若离，似乎丝毫不能表达我的心情，但又不肯悄然离去。

我是从实验角度来写这个剧的——想看看它会有什么意义。我紧紧扣住原来的故事，尽力不改变它的本来面目。我想使观众感觉到跟它很贴近，就像我第一次听到它的时候一样——主要不是出自令人心酸的同情，而是出自惊异。因为我当时听这个故事的时候，讲故事的人刚讲了几分钟我就知道了它的结尾。我想制造悬念，但不是通过对某些情况掩而不露的手法。既然人们对其结果已经猜透了，就必须使它悬念迭起，所以主要的情绪应该是渴望着拦住这个人并且告诉他，他自己的行为会对他的人生造成多大影响。由于比主人公知道的情况要多，观众就会自然而然地以受理智约束的感情来看待他的生活。

从这个观点出发，各个角色还没在故事中起作用之前就不允许说这道那的，角色一出场就要直接为悲惨结局服务。这样一来，常规的自然主义演出技巧就得更改。过分的、造作的表演被摒弃，布景上的每一处装饰也被去掉，创造出一种除了故事本身之外一切都不复存在的气氛。

棘手的问题是不论导演、演员，还是我自己都没有过这类舞台演出经验，要做到何种程度才算得体是难以把握的。我们都清楚地知道需要一种陌生的风格，但是我们又拿不准应该怎样为其做好准备工作。

大约一年之后，伦敦新的条件产生了新的解决办法。那些表面看来似乎无关紧要的细节不时暗示了解决办法。比如说，英国的演员模仿不来布鲁克林的黑话，就只好造出一种世界上绝无仅有的语言来。自然主义色彩也因而消除了不少：各个角色在他们自己的天地里都似乎有点失常。同时，伦敦剧场分级付薪的办法也使我在纽约不可能做到的事变为可能——雇用了一大帮群众演员。

这一切看来是世俗小事，却产生了重要结果。离开他的左邻右舍，离开他的工人同伙，离开他的社会环境，埃迪·卡博恩的思想就是不可理解的。他的自尊取决于他们对他的评价；他的价值产生于他对于自己文明法则的忠贞不渝。在纽约我们只可能用四个巧妙安排的演员代表全体居民。在伦敦却至少有二十个男女演员围绕着主要剧情表演。英国导演彼得·布鲁克当时就设计出了一套高大布景，有直达屋顶的大平梯，有走廊，有隐约可见的公寓。这使人们感觉到，埃迪正常的生活环境中孕育着一种恐惧，不言自明，他已准备着承受他的族人要对自己发泄的愤怒。结果给他的形象增加了一定的光彩。他的内在心理矛盾的重要性也就扩大到了跟现实生活一样。本来似乎不足挂齿的过失这时却发展成严重违犯了一条古老律法。由于邻居们的出场，剧本和埃迪从人情上说就更加可以理解和感人了。再一个事实就是，演莎士比亚作品得心应手的英国演员能够把握住剧本主旨，使它体现在一种外在的现实主义风格之中——他们按照剧本的要求，表演自如，显得高于生活，没有丝毫忸怩作态和尴尬的自我表现，没有丝毫不确切的时髦玩艺儿。后一种情形是许多没有受过正规训练的演员所追求的。

为了不至于把这个剧写成我原来所构想的那种完全像事实、不加修饰的样子，我觉得现在是可以加进一些我过去坚决排除的那种朴素的、符合人情的动机了——尤其是埃迪妻子的观点以及她跟他的关系中的进退维谷的处境。这事实上占有所补充的材料的绝大部分，它使该剧的结构从中间断开成为必要。换句话说，一旦把埃迪置于他所处的社会环境之中，置于他的人民中间，这个故事的神话感就应运而生，他就可能被塑造得更有人情味，而不再仅仅是一个人物，是一种力量。因而，保留某些现实主义细节可以说相得益彰，比如说保留起居室里的圣诞树和装饰品，保留现实主义的化妆，这在纽约都是要避免的，那里的演员总是要比一个装卸工干净得多。一言以蔽之，英国演员的素质和他们的演出使其更加突出了现实主义特征，而埃迪式典型的普遍意义也同时得到了加强。

但并不仅仅是由于新型演员、布景等外在条件使该剧得以东山再起的。正如我已经说过的那样，原剧本是照我的愿望，即按我对其含义的理解写的。只是在纽约演出后一个阶段的一天下午我观看演出的时候，才在这个故事中看到了我自己的卷入。剧本似乎突然间变成了

"我的"，而不再仅仅是我听来的一个故事。此后进行的诸多改动从某种程度上说是缘于这个新的启迪。

总之，我觉得可以这样说，由于增加了有意义的心理细节和行动细节，剧本不仅更具人情味、更亲切，减少了疏远感，而且观点也更明确了。埃迪依然不是一个要人为之饮泣的人物，剧本也不会有要观众涕泗的企图，但是现在却更有可能把埃迪的行为同我们自己的行为联系起来，从而更好地了解我们自己，即我们不是心灵孤寂的人，而是和我们同时代的人以及我们源远流长的历史密切相关。

阿瑟·米勒

（刘荫岛　译）

桥头眺望

两幕剧

剧中人物

路易斯

麦　克

阿尔弗利

埃　迪

凯瑟琳

贝特丽丝

马　可

托　尼

鲁道夫

移民官甲

移民官乙

利帕里先生

利帕里太太

两个“黑人儿”

邻　居

第一幕

一所分租的公寓房子的门前和大街。房子正面只是个框架子，以使房子内部显露。主要演出区是那间起居室，也是埃迪家的饭厅。这是一个工人住的一套房子，整洁，家具不多，简朴舒适。前面有把摇椅；中间有一个圆形的餐桌和几把椅子；还有一台便携式留声机。

后面是一扇卧室门，一扇厨房门；那里面的布置都看不见。

台右前方，有个书桌。这是阿尔弗利先生的律师事务所。

还有一个公用电话亭，这直到全剧末几场才用上，所以可以把它遮起来，也可以露出来。

一段楼梯通到那套公寓房间，然后再往上通到看不见的另一层楼。

坡道象征着大街，通到台后和左右两边。

幕启时，路易斯和麦克两个码头工人正倚在左面那所公寓楼的墙壁那儿扔硬币玩。

远远传来雾角的鸣笛声。

阿尔弗利上，他是一位五十来岁的律师，头发已经灰白；他身体肥胖，脾气好，心思细密。他走过去时，两个扔硬币玩的工人向他点点头。他穿过舞台，走到自己的写字台前，摘掉帽子，用手指梳理一下头发，一边咧嘴笑，一边冲观众说话。

阿尔弗利 您不会知道的，可是刚刚发生一件惹人笑的事。您看见他们向我点头是多么的不自然吗？那是因为我是个律师。在这一带，遇上一名律师或者一位神甫，是不吉利的。人们只把我们同灾难祸患联想到一块儿，他们宁愿离我们远着点儿。

我常想他们那种猜疑的微微点头后面隐藏着三千年来的不信任。一位律师意味着法律，而在意大利的西西里岛，他们父辈就打那儿来的，自从当年希腊人被打败之后①，法律就不是一个友好的概念了。

我偏向注意事物坏的一面，也许因为我出生在意大利……我来到这里时才二十五岁。那当儿，迦太基人当中最了不起的人物阿尔·卡彭②还在这一带人行道上学做生意呐，弗朗基·耶鲁③在联合大街的拐角，离这儿两个路口，让机关枪击毙分尸两段。哦，这里还有许多人让一些不公道的人公公正正地打死。法律在这里是非常重要的。

可是这里是雷德胡克区，不是西西里。这里是布鲁克林大桥旁面对海滩的一个贫民窟。这里是纽

---

① 指纪元前 8 世纪起西西里原是希腊的殖民地，而在纪元前 4 世纪，西西里被迦太基人所占领。

② Al Capone (1899—1947)，美国芝加哥盗匪头子，活跃于禁酒时代，绰号“疤脸大盗”。

③ Frankie Yale (1893—1928)，美国黑帮匪徒及西西里人兄弟会组织西西里人联盟的头子，被阿尔·卡彭派人暗杀。

约的咽喉，吞食着世界各地来的航运吨位。我们现在相当文明了，相当美国化了。我们现在不那么较真儿了，愿望能实现一半也就满足了，我更喜欢这样。我现在也用不着在文件柜里藏一把手枪了。

我干的这个行当完全是一本正经的。

我的妻子警告过我，朋友也同样警告过我；他们告诉我这附近一带的居民不斯文，也不招人爱。可我这一辈子究竟都跟什么人打过交道呢？码头工人和他们的妻子啦，父辈和祖辈啦，赔偿纠纷啦，租赁矛盾啦，家务纠纷啦——都是穷人家的琐碎麻烦事儿——可是……每隔几年还是会出那么一件案子，原告和被告双方向我倾诉案情时，我办公室里沉闷的气氛顿时让大海新鲜的气味涤净，灰尘给吹走了，而且让我联想到当初在恺撒大帝那年头，或许在卡拉布里亚[①]，或许在锡拉库萨[②]的悬崖顶上，另外有一名衣着打扮跟我完全不一样的法官，在听审同样一桩案件，处理起来也跟我一样无能为力，眼瞧着事态发展到流血的地步。（埃迪上，同那两

---

① Calabria，意大利南部一省。

② Syracuse，意大利西西里岛东部一海岸城市。

个工人一起扔硬币玩。强光打在他身上。他四十岁，是个高大结实、略微偏胖的码头装卸工人）这人名叫埃迪·卡博恩，码头装卸工，他在布鲁克林大桥到大海防波堤这一带的码头上干活儿。

［阿尔弗利走进暗处，下。

埃　迪　（上台阶，朝家门走去）好啦，再见，伙计。

［凯瑟琳从厨房里出来，走到窗口往外看。

路易斯　你明天干活儿吗？

埃　迪　干，那条船还有一天的活儿要干。再见，路易斯。

［埃迪走进家门，屋内灯光亮。凯瑟琳从窗口向路易斯挥手，转身对着埃迪。

凯瑟琳　嘿，埃迪！

［埃迪挺高兴，对她这一喊还有点不好意思；他把帽子和外衣挂好。

埃　迪　你打扮好，要上哪儿啊？

凯瑟琳　（两手理理裙子）我刚买的。你喜欢吗？

埃　迪　嗯，挺好看。你头发怎么梳成这样？

凯瑟琳　你喜欢吗？我梳了个新式样。（向厨房里喊道）他回来了，贝！

埃　迪　美极了。转个身，让我瞧瞧后面。（她转身）哦，要是你妈还活着，瞧见你这样会多高兴啊！她准保不会相信。

凯瑟琳　你喜欢，对吗？

埃　迪　你看上去就像大学生。你上哪儿去？

凯瑟琳　（拉着他的胳臂）等贝来了，我要告诉你点事。来，坐在这儿。（她把他搀到一把扶手椅那里，朝后台喊）快来呀，贝？

埃　迪　（坐下）怎么回事？

凯瑟琳　我给你倒杯啤酒，好吗？

埃　迪　好，告诉我到底发生了什么。上这儿来跟我说说。

凯瑟琳　我要等贝来了再说。（她在他身边的地上跪坐下）你猜这条裙子我们花了多少钱？

埃　迪　我觉得太短了点，是不是？

凯瑟琳　（站起来）不短，我站起来就不短了。

埃　迪　嗯，可你有时也得坐下。

凯瑟琳　埃迪，现在时兴这个式样。（她走几步给他看）我是说你要是看见我在街上这样走——

埃　迪　听我说，你在街上这样走道儿，一直叫我捏把汗，真话。

凯瑟琳　为什么？

埃　迪　凯瑟琳，我不是想招你讨厌，可我告诉你，你现在走起路来总爱扭来扭去的。

凯瑟琳　我扭来扭去的？

埃　迪　凯蒂，别惹我生气，你走道儿就是有点扭来扭去的！我看不惯糖果店里那些家伙用那种眼神瞧你。再加上穿着新高跟鞋在人行道上走——咔哒，咔哒，咔哒。那些脑袋瓜子就像风车似的跟着你转。

凯瑟琳　可是那些家伙哪个姑娘都看啊，这不用我说，你也知道。

埃　迪　你可跟她们不一样。

凯瑟琳　（由于他反对而几乎落泪）你要我怎么着呢？你是要我——

埃　迪　嗳，别发火，丫头。

凯瑟琳　可我不知道你要我怎么着。

埃　迪　凯蒂，在你妈快咽气之前，我答应她对你负责。你还是个孩子，这些事情你不懂。比如说，你站在窗口那儿朝外边摆手。

凯瑟琳　我是在跟路易斯摆手啊！

埃　迪　听我说，我可以告诉你一点有关路易斯的事，你听了就再也不会向他摆手。

凯瑟琳　（想把他的警告当作玩笑）埃迪，我真希望天下有那么一个男人你没有什么话可警告我！

埃　迪　凯瑟琳，听我的话，好不好？你现在快长成一个大姑娘了，你该收敛点，你不能见谁都像亲丁似的，丫头。（朝厨房里喊）喂，贝，你在那儿干什么呢？（对凯瑟琳）你去把她叫出来，好不好？我有个好消息要告诉她。

凯瑟琳　（向后台走）什么好消息啊？

埃　迪　她的两个表弟登岸了。

凯瑟琳　（拍手）真的！（她立刻转身朝厨房走去）贝，你的表弟！

贝特丽丝　（迎着凯瑟琳的喊声走出来）什么？

凯瑟琳　你的两个表弟到啦！

贝特丽丝　（惊讶地转向埃迪）你说什么？在哪儿？

埃　迪　我方才刚要下工，托尼·贝瑞里来到我身边，他说那条船已经在北河靠岸了。

贝特丽丝　（两手紧握在胸前，显得又惊恐又说不上来地高兴）他们没出问题吧？

埃　迪　他还没见到他们，他俩还没下船。等他们一溜下来，他就去接。他估计十点钟左右他俩就可以到这儿来了。

贝特丽丝　（紧张得全身无力，坐下）那他们能让他俩平安无事地下船吧。安排好了，对不对？

埃　迪　当然，他们发给他俩合法的海员证，然后他俩就跟着船员一起下船。甭担心，贝，没事儿。过不了两小时，他俩就会来到这儿。

贝特丽丝　这是怎么回事？他俩按说最早也得下星期四才到啊。

埃　迪　我也闹不清楚；他们能找到哪条船就把他俩塞上哪条船呗。也许他俩原本要搭的那条船不大保险——你哭什么啊？

贝特丽丝　（又惊又怕）我——只是——我简直不敢相信！我连块新桌布都没来得及买；我本来还打算把墙刷一刷——

埃　迪　听我说，要是跟他们原来住的地方相比，他们会认为这儿是一位百万富翁的住家。别为墙操心了。他们会感激不尽的。（对凯瑟琳）你马上去买块桌布，好不好？快去。给你钱。（他掏口袋）

凯瑟琳　这会儿铺子早都关门了。

埃　迪　（对贝特丽丝）你不是说要换新椅套吗？

贝特丽丝　是啊——我还当他们下星期才到！我本来还要扫扫房，还要给地板打打蜡。（她站在那里，局促不安）

凯瑟琳　（用手指楼上）也许楼上唐德罗太太那儿——

贝特丽丝　（指着桌布）不行，她那块还不如咱们这块。（蓦地）我的老天爷，什么吃的东西都没给他们准备哟！（她朝厨房匆匆走去）

埃　迪　（伸手揪住她的胳膊）嘿，嘿！别着急。

贝特丽丝　没着急，我只是有点紧张，没什么。（对凯瑟琳说）我去烤点儿鱼。

埃　迪　你在救他们的命，担心什么桌布啊？他们在老家活到现在，也许还从来没见过一块桌布呢。

贝特丽丝　（瞧着他的眼睛）我只是有点担心你。就这点不放心。

埃　迪　听我说，他们只要知道睡在哪儿就行了。

贝特丽丝　我已经在信里告诉他们了。他们只能打地铺。

埃　迪　贝特丽丝，我不放心的是你这副好心肠，别到头来我跟你打地铺，他们哥儿俩倒睡在咱们的床上去了。

贝特丽丝　得了，别胡说了。

埃　迪　因为你一见到一位累极了的亲戚，我就得打地铺。

贝特丽丝　你什么时候打过地铺啊？

埃　迪　你爹家着火，我没睡地铺吗？

贝特丽丝　那是因为他们家都给烧了！

埃　迪　可也不是一连气儿烧了两个星期呀！

贝特丽丝　好啦，我会叫他们到别的地方去住。（她朝厨房走去）

埃　迪　等一下，贝特丽丝！（她站住，他走到她面前）我只是不愿意你受别人的摆布，没别的意思。你的心肠太软。（他抚摸她的手）你干吗为一点小事就发火啊？

贝特丽丝　我只怕将来出麻烦，你又该跟我发脾气啦。

埃　迪　听我说，要是大家都不到外头去乱说，什么事也不会发生。可他们要付饭钱。

贝特丽丝　哦，这我告诉他们了。

埃　迪　那还着什么急呢。（稍停）这对我来说荣幸得很，贝，我真是这个意思。我刚才回家之前就在想，我爹要是当初没到这个国家来，我也会跟他们一样在那边挨饿……我在美国能有亲戚收留我几个月吗？要是有，那人也会荣幸地给我一席之地栖身的。

贝特丽丝　（泪盈满眶，转向凯瑟琳）你看他多好哇，是不是？（她转身捧住埃迪的脸）嗯，你真是个天使！上帝保佑你。（他惬意地微笑着）等着瞧吧，你会得到好报应的！

埃　迪　（笑着）我有自己的床就够啦。

贝特丽丝　去，孩子，摆桌子开饭吧。

凯瑟琳　咱们还没跟他说我的事呢。

贝特丽丝　让他先吃饭吧，待会儿再告诉他。把吃的都拿出来吧。（她把凯瑟琳支使出去）

埃　迪　（坐在饭桌前）到底是怎么回事？她要上哪

儿去？

贝特丽丝　哪儿也不去。是个非常好的消息，埃迪。我要你高兴。

埃　迪　什么事？

［凯瑟琳端着刀叉和盘子上。

贝特丽丝　她找到一份工作。

［稍顿。埃迪瞧一眼凯瑟琳，又瞧一眼贝特丽丝。

埃　迪　什么工作？她得先念完书。

凯瑟琳　埃迪，你不会相信的——

埃　迪　不行——不行，你得先念完书。你是指什么样的工作？忽然间你又要——

凯瑟琳　听我说一下，简直太妙啦。

埃　迪　太不妙了。你要是不念完书，永远不会有出息。你不能忙着去工作。你干吗不在找工作之前先问我一声？

贝特丽丝　她这就是在问你呀，她什么工作也还没接受呢。

凯瑟琳　听我说一下！我今天早上上学，校长从班上把我叫了出来，明白吗？到他的办公室里去。

埃　迪　后来呢？

凯瑟琳　我就跟随他去了，他说他手里有我的成绩单，你明白吗？有一个公司马上要个女孩子。倒不完全是做秘书，开始先当速记员，过一阵子就能当秘书了。他还跟我说我是全班最优秀的学生——

贝特丽丝　你听见没有？

埃　迪　那当然了，还有错儿？她当然是最优秀的学生。

凯瑟琳　他说我是最优秀的学生，如果我乐意的话，我应当接受这份工作，年底他还会让我回来参加考试，发给我毕业证书。这样我实际上就可以节省一年啦！

埃　迪　（莫名其妙地紧张）在什么地方工作？什么公司？

凯瑟琳　诺斯特兰德大街上的一家大的铅管公司。

埃　迪　诺斯特兰德大街在什么地方？

凯瑟琳　就在海军造船厂附近。

贝特丽丝　一个星期挣五十块钱呐，埃迪。

埃　迪　（吃惊地对凯瑟琳说）五十块钱？

凯瑟琳　我敢保证，没错儿。

（停顿）

埃　迪　那你今年就有好多东西学不到了，怎么办？

凯瑟琳　没什么可学的了，埃迪，我从现在起就只需要实践了。我已经学会所有的速记符号，也记住了打字机的键盘，就需要练习速度啦。一工作就可以越来越好，你明白吗？

贝特丽丝　干工作是最好的实践。

埃　迪　可我不想让你那样做。

凯瑟琳　为什么！那可是一家了不起的大公司——

埃　迪　我不喜欢那一带住的人。

凯瑟琳　校长说那儿离地铁站只有一个半街区。

埃　迪　挨着海军造船厂一个半街区，会发生好多事。还是个铅管公司！离港口区只有一步远。那里到处都是码头装卸工人。

贝特丽丝　是啊，可她在办公室里工作，埃迪。

埃　迪　我知道她是在办公室里工作，不过这不是我原来的打算。

贝特丽丝　你听我说，她早晚也得出去工作啊。

埃　迪　听我说，贝，她会成天价同许多铅管工人打交道，还有满街的水手。那她当初上学念书是为了什么？

凯瑟琳　可是一个星期挣五十块钱呐，埃迪。

埃　迪　我问问你，我跟你要过钱吗？我已经养你这么多年了，再养你几年也不要紧。你听我的话，好吗？我想让你同另一类人在一起。我想让你在一间漂亮的办公室里工作。也许在纽约一幢漂亮的大厦里，一家律师事务所里工作。我是说你如果想离开这里就干脆离得远远的；别再跟这里同样的街坊打交道。

［稍停。凯瑟琳垂下眼帘。

贝特丽丝　去，孩子，把饭端来。（凯瑟琳走进厨房）埃迪，你再考虑考虑吧。求求你，她想工作都快想疯了。又不是个小店铺，是一家大公司呀。将来她还能当上秘书。他们是从全班里把她挑选出来的。（他沉默不语，盯着桌上的台布，用手指抚弄上面的花纹）你担什么心啊？她会自己照顾自己的。她一出地铁站，两分钟就到办公室。

埃　迪　（有点不痛快）我熟悉那边。贝，我不喜欢那一带。

贝特丽丝　听我说，她如果在这一带没出事，到那边去也出不了事。（她把他的脸掉转过来冲着她）你看，你得承认这个事实，她再也不是个孩子啦。叫她接下这个工作吧。（他把脸掉开）你听见没有？（她生起气来）我简直不理解你；她都十七啦，你打算把她圈在家里一辈子吗？

埃　迪　（受到侮辱）你这话是什么意思？

贝特丽丝　（以同情而又坚持的口气说）反正我不明白什么时候才算到了头。起先得让她高中毕业，她就高中毕业了。然后得让她学速记，她就学速记。可是现在还等啥呢？我的意思是说，埃迪，我有时真不理解你；他们是从全班里把她挑选出来的，这对她来说可是个荣誉。

［凯瑟琳端着食物上，把它们静静地摆好在桌子上。埃迪瞧了一会儿她的脸，微笑起来，可看上去却几乎像要流出眼泪来。

埃　迪　你把头发这么一梳，简直像个贵妇人，你知道吗？你是贵妇人那种类型的。（她没有看他，继续用勺儿把饭菜舀进盘子里）你想工作，呃，贵妇人？

凯瑟琳　（轻声地）是。

埃　迪　（回想到她的童年，婴孩时期，和这些年的日子）好吧，去工作吧。（她看他一眼，冲过去紧紧拥抱他）嘿！嘿！小心点啊！（他把她的脸捧开一点儿，瞧着她）你哭什么啊？（他被她感动了，用微笑遮隐自己的激动心情）

凯瑟琳　（坐到她的位子上）我只是——（大声说）我要用第一次挣的薪水买一套全新的盘子！（他们都欢畅地笑了）是真的，我要把家里好好装饰一番！我还要买一块地毯！

埃　迪　然后你就搬走。

凯瑟琳　不会的，埃迪。

埃　迪　（咧嘴一笑）怎么不会？生活就是这样。一开始你会每星期来看我们一次，然后一个月一次，最后就是圣诞节和新年才照面儿。

凯瑟琳　（抓住他的胳膊，叫他放心，不承认这种指责）别这样说，求求你！

埃　迪　（微笑着，但伤感地）我只要求你做到一件事——谁也别相信。你有个好姨妈，可是她心太软，你跟她学坏了。你听我的话。

贝特丽丝　你该怎么样还怎么样，别听他的。

埃　迪　（顿时表示异常不满，对贝特丽丝说）你一辈子做家庭主妇，外面的事你懂什么？你从来没出去工作过。

贝特丽丝　她待人热情，这有什么不好？

埃　迪　因为多数人都不是好人。她出去工作，那些管子工呵，要是她不留点神，他们就会把她嚼烂了。（对凯瑟琳）相信我，凯蒂，你相信的人越少，往后就越少后悔。

［埃迪在胸口划个十字，两个女人也跟着同样做，然后大家吃饭。

凯瑟琳　我头一件事是买块地毯，对不对，贝？

贝特丽丝　我无所谓。（对埃迪）我今天闻了一天咖啡味儿。你们今天卸咖啡来着？

埃　迪　对，一条巴西船。

凯瑟琳　我也闻到了。整个这一区都是这种味儿。

埃　迪　有一阵子，好家伙，当一名装卸工是个乐子。我能一天一连气干二十个小时从船上卸咖啡。你进到底舱，你知道，那股味儿，简直跟鲜花一般香。明天我们撕开它一袋，给你们带点回来。

贝特丽丝　能担保里边没有蜘蛛吗？我说的实话。（后一句是冲凯瑟琳说的，两眼朝上一翻）我还没忘记上回他带回来的那一袋里面爬出来那个蜘蛛。差点儿没把我吓死！

埃　迪　你管那叫蜘蛛？你该看看有时从香蕉里爬出来的那玩艺儿。

贝特丽丝　别往下说啦！

埃　迪　我见过的那些蜘蛛能顶住一辆别克汽车，叫它开不动。

贝特丽丝　（两手捂住耳朵）行啦，别说了！

埃　迪　（一边笑着，一边从兜儿里掏出一只怀表）谁先提起蜘蛛来的？

贝特丽丝　好，好，对不起，我没那个意思。就是别再往家里拿啦。现在几点钟了？

埃　迪　差一刻九点。（把怀表放回兜儿里。他们继续默默吃饭）

凯瑟琳　托尼是十点钟把他们带来吗？

埃　迪　对，十点钟左右。（接着吃）

凯瑟琳　埃迪，要是有人问他们是不是住在这儿，（他瞪视着她，好像她已经公开泄漏了什么秘密。她辩白道）我是说如果有人问的话。

埃　迪　你瞧，孩子，我觉得咱们在这一点上又搞糊涂了。

凯瑟琳　没有，我只是说……总会有人看见他俩在这里进进出出的。

埃　迪　我才不在乎别人谁看到他俩在这里进进出出的，只要你们没看见就行了。贝，你也一样。你啥也没看见，啥也不知道就成了。

贝特丽丝　我明白你的意思了。

埃　迪　你根本不明白，你仍然认为你可以随便跟谁聊聊这事。现在我再最后说一遍，因为你们俩又在让我神经紧张了。我才不在乎有谁进来看见他俩在地板上睡觉，他们是谁，他们在这儿干什么，永远不许从你们俩嘴里说出去。

贝特丽丝　好吧，可我母亲会知道啊。

埃　迪　她当然会知道，只要去告诉她的人不是你就行了。你现在是在跟美国政府周旋，跟移民局。如果你说出去了，就证明你知道；如果你没说过，就证明你压根儿什么也不知道。

凯瑟琳　好吧，可是埃迪，要是有人——

埃　迪　我不管问什么。你就来个啥也不——知——道。这一区里他们到处安插了暗探，每星期付给他们钱，就是为了得到检举的消息，可你闹不清他们到底谁是暗探。也可能就是你那最要好的朋友。你们听见了吗？（对贝特丽丝）像文尼·博尔扎诺，还记得文尼那小子吗？

贝特丽丝　当然记得。但愿不曾发生过那事！

埃　迪　把文尼的事讲给她听听。（对凯瑟琳）你以为我在瞎吹牛吗？（对贝特丽丝）说呀，告诉她。（对凯瑟琳）你那当儿还是个吃奶的孩子呐。她母亲家有一家邻居，文尼约摸十六岁——

贝特丽丝　不对，他那时还不到十四岁，因为我参加了他在圣阿格尼丝教堂的坚信礼。他有个叔叔非法进入美国，那家人就把他藏在家里，结果那孩子居然向移民局告发了。

凯瑟琳　那孩子告发的？

埃　迪　对，告他亲叔叔！

凯瑟琳　怎么，他别是疯了？

埃　迪　他就是疯了，那孩子。

贝特丽丝　噢，太可怕了。他有五个兄弟和老父亲。他们在厨房里把他揪住，拖下楼梯——三层楼梯，他的脑袋就像个椰子，一路上东撞西碰的。他们在大街上朝他吐口水，他的亲爸爸和他的几个兄弟。街坊邻居也都哭了。

凯瑟琳　呸！他后来怎么样啦？

贝特丽丝　他可能走掉了。（对埃迪）我后来再也没看到他。你呐？

埃　迪　（这时站起来，掏出怀表）他？一个干过这种卑鄙的事的家伙，你再也见不着他了。他怎么能有脸再露面呢？（他不安地站起来，对凯瑟琳说）记住，孩子，找回被偷走的一百万块钱，都比找回说出去的话容易。（他这当儿站着，伸了个懒腰）

凯瑟琳　好吧，我跟谁都不说。我发誓。

埃　迪　看样子明天大概要下雨。我们在码头上又要滑得七倒八歪斜。你也许该给他们准备点吃的，他们马上就要到了。

贝特丽丝　只剩下鱼了，要是他们已经吃过晚饭，我就不想先做，白白糟蹋掉。再等一下，反正只需要几分钟；我可以给他们做烤鱼吃。

凯瑟琳　埃迪，那条船再开回去，可他俩不在船上了，那不会出事吗？船长不会声张吗？

埃　迪　（用小刀削着苹果）船长也给串通了。你这话什么意思？

凯瑟琳　连船长都那样？

埃　迪　怎么了，船长就不需要过日子吗？船长拿一份，也许那个船员也得要一份，还得给那个在意大利给他们弄证件的人一份，这儿的托尼也得分点油水……

贝特丽丝　我只希望他们在这儿能找到工作就行了。

埃　迪　哦，工会会给他们安排工作的；他们会天天给他俩安排活儿干，一直到他们把欠的账还清为止，然后他俩就得像我们这伙人那样凑合着混了。

贝特丽丝　那也比他们在那边好。

埃　迪　那当然。嗯，听我说，你星期一就要开始上班了。贵妇人？

凯瑟琳　（难为情地）大概是吧。

［埃迪站在那儿，面对着两位坐着的女人。贝特丽丝先笑一下，然后凯瑟琳

也笑一下，因为他十分激动，既显得孩子气又带着惊恐，而且泪水盈眶——三人在这种默契中都感到腼腆。

埃　迪　（悲伤地笑了下，然而为她感到骄傲）嗯……我希望你万事顺利，我希望你处处是好样的。你是明白这点的，孩子。

凯瑟琳　（站起来，强笑着）你这样说，好像我要离家到一百万里以外的地方去啦！

埃　迪　我知道。我也许有一件事压根儿没料到。

凯瑟琳　（微笑着）什么事？

埃　迪　那就是你会长大。（他默默一笑，摸一下胸前衬衫的兜儿）我可能把雪茄忘在大衣口袋里了。（他朝卧室走去）

凯瑟琳　你歇着！我去给你拿。

［她匆匆走进卧室。稍顿，然后埃迪转向贝特丽丝，她尽量避开他的目光。

埃　迪　你最近为什么总是生我的气？

贝特丽丝　谁生气了？（她站起来，收拾桌上的碟子）

我没生气。（她端起碟子，转向他）是你总在发脾气。（她走进厨房，凯瑟琳拿着一支雪茄和一盒火柴从卧室里走出来）

凯瑟琳　给你，我来给你点！（她划亮一根火柴给他点燃雪茄。他抽着烟。她轻声说）别为我担心，埃迪，呃？

埃　迪　别烫着你。（她正好把燃到尽头的火柴吹灭）你最好去厨房帮她洗盘子。

凯瑟琳　（急忙走到桌旁，见桌子已经收拾干净，有点内疚地说）噢！（一边连忙走进厨房，一边说）我来洗盘子，贝！

［埃迪独自一人站在那里朝厨房瞧了片刻。然后他掏出怀表看一眼，又把它放回兜儿里，在扶手椅上坐下，瞧着自己吞云吐雾。

［灯光暗，又照亮在阿尔弗利身上，他走到台口。

阿尔弗利　他这个人其实不得不在艰苦而平衡的环境中生活，有活儿就在码头上干。他把工钱全部交给家里，就这样生活。那天晚上，快十点钟时，他们吃过晚饭后，两位表弟到了。

［灯光在阿尔弗利身上消失，又照亮街头。托尼领着马可和鲁道夫上，后两人各自拎着一个小旅行袋。托尼停步，指着那所房子。他们站在那儿看一会儿。

马　可　（他是个身材魁梧的农民，三十二岁，多疑，亲切，说话声音不高）谢谢您。

托　尼　从现在起可全靠你们自己啦。小心点，没别的。他们住在底层。

马　可　谢谢您。

托　尼　（指着房子）明天码头上见。你们来上工啊。

［马可点点头。托尼一直朝前走去，下。

鲁道夫　这是我到美国走进去的第一户人家！想想看！她还说他们穷呢！

马　可　小点声！来吧。（两人走近门口）

［马可敲门。屋内灯光亮。埃迪赶到门口，把门打开。马可和鲁道夫走进去，

摘掉帽子。贝特丽丝和凯瑟琳从厨房上。街上的灯光暗。

埃　迪　你是马可吗？

马　可　是。

埃　迪　进来吧！（他和马可握手）

贝特丽丝　（对埃迪）把行李接过去！

马　可　（点点头，看了看两个女人，目光停在贝特丽丝身上，然后走到她的面前）您是我的表姐吧。（她点点头。他吻她的手）

贝特丽丝　（在桌子上方，手按在胸口上）我是贝特丽丝。这是埃迪，我的丈夫。（双方点头）凯瑟琳，我姐姐南希的女儿。（哥儿俩向她点头）

马　可　（指着鲁道夫）这是我弟弟鲁道夫。（鲁道夫点头。马可颇为郑重其事地对埃迪说）我想先跟您说明，埃迪——您什么时候叫我们走，我们就走。

埃　迪　哦，哪儿的话……（拿起马可的旅行袋）

马　可　我看这儿的地方不大，也许我们不久就可以安个自己的家。

埃　迪　欢迎你们，马可，我们这儿有的是地方。凯蒂，给他们开晚饭，好不好？（拿着他们的行李走进卧室）

凯瑟琳　来吧，请坐，我给你们端点儿汤来。

马　可　（他们走近餐桌）不用了，我们已经在船上吃过了，谢谢你。（对埃迪，朝卧室喊去）谢谢啦。

贝特丽丝　喝点儿咖啡吧。咱们一起喝咖啡。来，坐下吧。

［鲁道夫和马可围桌坐下。

凯瑟琳　（好奇地）他的头发那么黑，你的怎么那么淡啊，鲁道夫？

鲁道夫　（想笑）我也不知道。人家说一千年以前，丹麦人入侵过西西里。

［贝特丽丝吻一下鲁道夫。他们一起笑着，埃迪上。

凯瑟琳　（对贝特丽丝）他的头发简直是金黄色的！

埃　迪　咖啡煮好了没有？

凯瑟琳　（站起来）我去拿。（她匆匆走进厨房）

埃　迪　（坐在他那把摇椅上）你们一路上还好吗？

马　可　风浪一直很大。不过我们都是好水手。

埃　迪　入境时没有遇到什么麻烦吗？

马　可　没有。有人带我们进来的，那人挺好。

鲁道夫　（对埃迪）他还说我们明天就可以上工。他诚实可信吗？

埃　迪　（笑道）不怎么样。不过只要你们还没还清债务，他们总会给你们许多活儿干的。（对马可）你过去在意大利码头上干过活儿吗？

马　可　码头上？咏！——没有。

鲁道夫　（笑谈自己家乡之小）在我们的小镇上，没有码头，只有海滩和小渔船。

贝特丽丝　那你们干什么活儿呢？

马　可　（耸耸肩，腼腆甚至不好意思）有什么干什么，啥都干。

鲁道夫　有时人家盖房子啦，修桥啦——马可是个瓦匠，我给他送水泥。（笑）收获季节，我们就干庄稼活……如果有活儿干，啥都干。

埃　迪　那边日子很苦吧，呃？

马　可　嗯，糟透了。

鲁道夫　（笑道）糟糕透顶！我们整天像小鸟似的，站在广场上听喷泉声。大家都在那里等火车来。

贝特丽丝　火车上有什么？

鲁道夫　啥也没有。不过如果旅客多，你的运气也好，你就可以靠推出租的马车上山坡挣几个里拉。

［凯瑟琳上；她听着。

贝特丽丝　你们得推出租马车？

鲁道夫　（笑）哦，当然！这是我们小镇的一大特色。我们镇上的马比山羊还要瘦。如果马车上乘客太多，我们就帮着把车子一直推到旅馆门口。（他笑着）在我们镇上，马只不过是装饰品罢了。

凯瑟琳　那为什么没有出租汽车呢？

鲁道夫　有倒是有一辆。我们一样得推它。（大家都笑了）我们镇上的东西，样样都得推！

贝特丽丝　（对埃迪）这你想象得到吗？

埃　迪　（对马可）那你们打算怎么样呢？打算在这个国家住下去，还是打算将来再回去？

马　可　（惊讶地）回去？

埃　迪　嗯，你结婚了，是不是？

马　可　结了，有三个孩子。

贝特丽丝　三个！我还当只有一个呐。

马　可　哦，不是，现在有三个。四岁的，五岁的，六岁的。

贝特丽丝　唉……我敢说他们都在哭着找你呐，对不？

马　可　我有什么办法可想？大的那个肺有病。我老婆——从嘴边省下来吃的喂他们。我说的是实话，如果我还在那边，他们永远也长不大。他们只能吃阳光。

贝特丽丝　我的老天爷！那你们打算在这里住多久呢？

马　可　如果您允许的话，我们也许打算住——

埃　迪　她不是指在这个家，指的是在这个国家。

马　可　哦，我想也许四年到六年吧。

鲁道夫　（微笑）他信得过他的老婆。

贝特丽丝　是啊，也许你挣够了钱就可以早点回去啦。

马　可　我也这么希望。我不知道。（对埃迪）我理解这里也并不太好。

埃　迪　哦，你们俩在这里会好的——不管怎么说，一直到你们把他们的钱还清为止。往后，你们就得想法儿熬了，就是这样。不过在这儿总会比那边挣得多。

鲁道夫　能挣多少呢？我们听到的数字五花八门。一个人到底能挣多少？我们肯干活儿，我们会整日整夜地干——

［马可抬一下手，止住他。

埃　迪　（越来越只跟马可一人在说话）一般来说一年吗？也许——嗯，难说，你知道，有时我们也没活儿干，有时三四个星期不来船。

马　可　三四个星期——咻！

埃　迪　可我想一年十二个月，你们每星期也许能挣到三四十。

马　可　（站起来，走到埃迪面前）美元。

埃　迪　当然是美元。

［马可用一只胳臂搂着鲁道夫，两人笑了。

马　可　我们如果能在这里住上几个月，贝特丽丝——

贝特丽丝　听我说，我们欢迎你们，马可——

马　可　因为我要是住在这里，就可以给他们多汇点钱去。

贝特丽丝　你们要住多久都行，反正这儿有地方。

马　可　（泪水盈眶）我老婆——（对埃迪）我老婆——我想立刻就给她汇点钱去，或许二十美元吧——

埃　迪　你下星期就可以给她汇点了。

马　可　（都快落泪了）埃迪亚多……（他伸出手，走向埃迪）

埃　迪　甭谢我。我跟你说，我也没掉层皮。（对凯瑟琳）咖啡怎么样啦？

凯瑟琳　我这就去拿。（对鲁道夫）你也结婚了吗？没有吧。

鲁道夫　（站起来）哦，没有。

贝特丽丝　（对凯瑟琳）我跟你说过他——

凯瑟琳　我知道。我只是想他没准儿最近结了婚呢。

鲁道夫　我没钱结婚。我的脸长得还算漂亮，可我没钱。（他笑了）

凯瑟琳　（对贝特丽丝）他的头发可真是金黄色啊！

贝特丽丝　（对鲁道夫）你也打算在这儿待下去吗？永久吗？

鲁道夫　我？永久待下去！我啊，我想当个美国人。然后等我有了钱，我再回意大利，买一辆摩托车。（他微笑。马可慈爱地摇了摇他）

凯瑟琳　一辆摩托车！

鲁道夫　在意大利，你有了一辆摩托车就永远饿不着啦！

贝特丽丝　我去给你们端咖啡。（她走进厨房）

埃　迪　你弄辆摩托车，干什么使啊？

马　可　他在做梦，他在做梦呐。

鲁道夫　（对马可）怎么？（对埃迪）送信啊！住在旅馆里的那些阔人总要找人给他们捎个信儿。可是要快，还得带挺大的响声。我弄上一辆蓝色的摩托车，就在旅馆的院子里一扎，待不了多大会儿就会有信让我送。

马　可　你还没结婚，有的是美梦可做。

埃　迪　你为什么不能步行，乘电车什么的呢？

［贝特丽丝端着咖啡进来。

鲁道夫　哦，不行，非得有机器玩艺儿不可。一个人走到大旅馆里说我是送信的。这人是谁呢？他走路送信，也没个响声什么的。他也许一去不回啦，也许他根本就没把信送到。可是一个骑一辆大机器玩艺儿的人就不同了，这个人靠得住，实实在在。人家就会让他送信。（他帮助贝特丽丝把咖啡茶具摆好）其实，我也是个歌手。

埃　迪　你是说一名正式的——？

鲁道夫　哦，是啊。去年有一个晚上，安德烈奥拉病了。男中音。我就在旅馆花园里代替他。我唱了三首抒情歌曲，一点儿都没唱错！他们从茶座上把一千里拉的钞票扔过来，钱就像暴雨一般落下来。简直太妙了。靠那一晚上挣的钱我们过了六个月，对不，马可？

［马可疑惑地点了下头。

马　可　两个月吧。

［埃迪笑了。

贝特丽丝　那你就不能在那儿找个工作吗？

鲁道夫　安德烈奥拉后来病好多了。他是个男中音，非常棒。（贝特丽丝笑了）

马　可　（对贝特丽丝遗憾地说）鲁道夫唱得太响。

鲁道夫　怎么会太响呢？

马　可　太响。旅馆里的客人都是英国人。他们不喜欢太响的声音。

鲁道夫　（对凯瑟琳）谁也没说过我唱得太响！

马　可　我说了。是太响。（对贝特丽丝）他一开始唱，我就觉出了。太响。

鲁道夫 那他们干吗还扔来那么多钱呢？

马　可 那是因为他们看你胆子大。英国人爱勇敢。不过也就一次而已。

鲁道夫 （对大家说，马可除外）我从来没听谁说过我唱得太响。

凯瑟琳 你听说过爵士乐吗？

鲁道夫 哦，当然，我也会唱爵士歌曲。

凯瑟琳 （站起来）你会唱爵士歌曲？

鲁道夫 哦，我会唱那不勒斯民谣、爵士、美声——我会唱那首《纸娃娃》，你喜欢《纸娃娃》那首歌吗？

凯瑟琳 当然，我爱极了。唱吧，给我们唱唱。

鲁道夫 （在马可点头允许后，摆好姿势，用高亢的男中音嗓子唱起来）

“听我说，小伙子，孤单难忍难熬，

可爱上一个不是自己的女娇娃越发难受。

我对她们寒透了心，

我再也不想恋爱，

嗨，小伙子，你打算怎么办？

我要买个纸娃娃，可以称她是我的，
一个别人偷不走的娃娃。

［埃迪站起来，朝台后方走去。

那些调情卖俏的小伙子，
用他们那双脉脉含情的眼睛，
只能跟那些真正的女娇娃调情卖俏
——”

埃　迪　喂，小伙子——喂，等一下——

凯瑟琳　（十分激动）让他唱完，太美了。（对贝特丽丝）他唱得真棒！太棒了，鲁道夫。

埃　迪　听我说，小伙子，你们不想让人抓走吧，对不对？

马　可　当然不想！（他站起来）

埃　迪　（指着左邻右舍）因为我们这儿从来没有过歌手……忽然间家里有了个唱歌的，你明白我的意思？

马　可　对，对，你应该安静点，鲁道夫。

埃　迪　（脸涨得通红）他们到处安插密探，马可，你知道的。

马　可　是啊，他应该安静。（对鲁道夫）你别再瞎唱了。

［鲁道夫点点头。

［埃迪站起来，竭力控制自己的不安，连笑都没笑一下，走向凯瑟琳。

埃　迪　你干吗穿上高跟鞋，嘉宝?

凯瑟琳　我想今天晚上——

埃　迪　听我一次话，行不行? 进去换掉。

［凯瑟琳又窘又气地走进卧室。贝特丽丝看着她走进去，然后站起来；她从埃迪身边走过去，瞪他一眼，因为有客人在场才克制住自己，走到桌前给大家倒咖啡。

埃　迪　（勉强笑笑，对着马可，但主要是冲贝特丽丝说）在这里，女孩子都想当电影明星。

鲁道夫　（乐闻此事）在意大利也一样！姑娘个个都这样。

［凯瑟琳从卧室走出来，换上了平底鞋，

走到桌旁。鲁道夫举起一个杯子。

埃　迪　（打量着鲁道夫，内心疑虑）嗳，是吗？

鲁道夫　没错儿！（一边笑，一边指着凯瑟琳）特别是像她们这样漂亮的姑娘！

凯瑟琳　你要放糖吗？

鲁道夫　糖？要的！我特别爱吃糖！

［埃迪走向台前，瞧着她往他的杯子里舀一勺糖。他面带不安的神情，屋内灯光暗下来。

［灯光照亮在阿尔弗利身上。

阿尔弗利　谁能未卜先知呢？埃迪·卡博恩从来也没期望能有什么天意。他干活儿，养家糊口，滚地滚球，吃饭，变老，最后死去。如今，几星期过去了，一种希望出现了，一桩摆脱不掉的烦恼事也出现了。

［灯光从阿尔弗利身上消失，又照在埃迪身上，他站在楼房门口。贝特丽丝从街头那边上。她看见埃迪，冲他笑一笑。他转过头去。

埃　迪　都过八点钟了。

贝特丽丝　嗯，派拉蒙电影院的片子是部长片。

埃　迪　他们至今必定把布鲁克林区放映的电影都看遍了。他不干活儿就应该待在家里，不应该到处去招摇过市。

贝特丽丝　啥，那是他自找麻烦，你管他干什么？他要让人抓去就抓去呗。进来吧。

埃　迪　速记怎么不学啦？现在也不见她练习。

贝特丽丝　凯瑟琳会安下心来去学的，她现在有点心不定，埃迪。

埃　迪　她跟你说什么了吗？

贝特丽丝　（既然已经把话说开就走到他身旁）你这是怎么回事？他是个顶好的男孩儿，你要他怎么样呢？

埃　迪　顶好的男孩儿？他叫我心神不安。

贝特丽丝　（微笑）哼，往下说吧，你这是在吃醋。

埃　迪　吃他的醋？好家伙，你可太小看我了。

贝特丽丝　我不理解你。他有哪点不好哇？

埃　迪　你觉得这没关系吗？就让他当她的丈夫？

贝特丽丝　怎么啦？一个挺好的小伙子嘛，肯干活儿，长得也漂亮。

埃　迪　他在船上唱歌，你知道吗？

贝特丽丝　唱歌，你这是什么意思？

埃　迪　唱歌就是唱歌嘛。他在甲板上会突然唱起一首歌来——还带动作。你知道，他们现在管他叫什么吗？管他叫纸娃娃，金丝雀。他简直像个怪家伙。他走到甲板上，一——二——三，就表演起来。

贝特丽丝　他是个孩子嘛，还不知道怎样规规矩矩。

埃　迪　还有那古怪的头发，他简直就像歌舞团的一名歌女什么的。

贝特丽丝　他长着一头金发，所以——

埃　迪　我只希望他的头发正常点儿，就这么点希望。

贝特丽丝　你疯了还是怎么的？（她把他的身子使劲扭转过来冲着她本人）

埃　迪　（还是把脸转过去）有什么可疯的？我对他一点好感也没有。

贝特丽丝　你听我说，你难道从来没见过一个长金色头发的男人吗？怀特·巴尔索的头发什么颜色？

埃　迪　（得胜似的转向她）对，可怀特不乱唱歌，他在船上可没那么胡来。

贝特丽丝　也许人家在意大利就有这个习惯。

埃　迪　那他哥哥怎么不唱呢？马可上哪儿都像个男子汉；谁也不跟马可开玩笑。（他从她身边走开，又站住。她意识到他怀有一种对抗的情绪）我跟你说的都是实话，我都纳闷儿干吗要跟你说这些。我是说连我自己都纳闷儿，贝。

贝特丽丝　（这当儿胸中有数地走到他面前）听着，你不许在这上面找什么茬儿。

埃　迪　我才不找茬儿呢，可我也不能干瞧着不管。我把她养活大，可不是给那小子的。我发誓，贝，我真没料到你会这样；我坐在那儿一直等你明白过来，可你却认为一切都妙极了。

贝特丽丝　没影儿的事，我没觉得什么都妙极了。

埃　迪　没有吗？

贝特丽丝　没有。何况我还有别的烦心事。

埃　迪　说的是啊。（语气已经软下来）

贝特丽丝　对，你要我说出来吗？

埃　迪　（退让）怎么啦？你还有什么烦心事？

贝特丽丝　我什么时候再当妻子啊，埃迪？

埃　迪　我最近不大舒服。自从他俩来了之后，我心里总不踏实。

贝特丽丝　你已经有差不多三个月不大舒服了；他们才来了几个星期。可你已经足足三个月这个样子了，埃迪。

埃　迪　我不知道，贝。我现在不想谈这个。

贝特丽丝　怎么了？埃迪，你不喜欢我了吗？

埃　迪　我不喜欢你，你这是什么意思？我说过我不大舒服，就是这么回事。

贝特丽丝　那你跟我说个明白，我做了什么错事？你跟我说啊。

埃　迪　（稍顿。他说不上来，接着）我没法说。我没法谈这个。

贝特丽丝　那你告诉我什么事——

埃　迪　我没什么可说的！

［她站了一会儿；他把目光移开；她转身朝门口走去。

埃　迪　我就会好的，贝，只是现在别惹我心烦，行吗？我在为这个姑娘担心。

贝特丽丝　姑娘就快十八了，也到时候了。

埃　迪　贝，那小子是在骗她呐！

贝特丽丝　好吧，那是她的事。你难道还要管她到四十岁吗？埃迪，我现在要你别插手管这事，听见没有？我不喜欢那样！现在进来吧。

埃　迪　我想去遛个弯儿，马上就回来。

贝特丽丝　你站在街上，他们也不会回来得早一点啊。埃迪，这样不好。

埃　迪　我马上就回来。你进去吧。（他走开）

［她进入房内。埃迪朝街那头眺望，看到路易斯和麦克走过来，他在一根铁栏杆上坐下。路易斯和麦克上。

路易斯　今天晚上跟我们滚地滚球去吗？

埃　迪　太累了，想睡觉。

路易斯　你那两个“黑人儿”好吗？

埃　迪　还可以。

路易斯　我看他们倒总有活儿干。

埃　迪　是啊，他们干得还不赖。

麦　克　我们也应当那样干。我们也应当离开这个国家，然后再从水底下钻出来。那我们就有活儿干了。

埃　迪　别开玩笑啦。

路易斯　哼，不就是这么回事吗？

埃　迪　可不。

路易斯　（坐在埃迪身旁的栏杆上）说实话，埃迪，你做了好事，大家都在说你好话呐。

埃　迪　哦，他们没给我添什么麻烦，也没花我什么钱。

麦　克　那个大哥，好家伙，简直就跟一头公牛一样。我那天看见他在“马特森”号轮船上扛咖啡袋。你要是全交给他一个人，他也能把整船的咖啡都卸下来。

埃　迪　没错儿，那家伙有劲儿。据说他们的老爷子就是个大力士。

路易斯　是啊，看得出来是。他生来就是个当奴隶的货。

麦　克　（咧嘴笑着）可那个金头发的小伙子——（埃迪看他一眼）他真能逗人乐。（路易斯暗自发笑）

埃　迪　（推敲地）嗯，他挺可笑——

麦　克　（笑起来）倒不是说他真正可笑，他总爱讲几句笑话，你知道？他一来，大伙儿就笑开了。（路易斯笑了）

埃　迪　（不自在地微微一笑）嗯……他会逗人乐。

麦　克　（笑）对，我是说他总爱说两句俏皮话，比如说，你知道？

埃　迪　嗯，我知道。可他还是个孩子，明白吗？他——他还是个孩子，没别的。

麦　克　（同路易斯一起歇斯底里地笑）我明白。谁只要看他一眼——就会兴高采烈起来。（路易斯笑）上礼拜我和他一起在“摩尔-麦科马克”号轮船上干活儿，我跟你说，大家都笑破了肚皮。（路易斯和他格格大笑）

埃　迪　为什么？他干什么了？

麦　克　我不知道。他就是会逗人乐。你总也记不住他到底说了些什么，你明白吗？可他就是那么说的。我是说他有时朝你瞧一眼，你就忍不住要笑出声来！

埃　迪　嗯。（有点不安）他就是会招人笑。

麦　克　（气喘吁吁地）是啊。

路易斯　（站起来）好啦，再见，埃迪。

埃　迪　慢着点走。

路易斯　没事儿，再见。

麦　克　你待会儿要是想来跟我们一块儿滚地滚球，就到弗拉特布什大街来找我们。

[他们一边笑着，一边离开，正巧碰上鲁道夫和凯瑟琳从街那边走来。他们一见到鲁道夫就笑得更响了，鲁道夫闹不清是怎么回事，也跟着笑起来。路易斯和麦克下，埃迪朝楼里走去，刚要进门，凯瑟琳把他叫住。

凯瑟琳　嘿，埃迪——我们看的这场电影可好啦！把我们都笑坏了。

埃　迪　（一见到她，不由得露出微笑）你们上哪儿去啦？

凯瑟琳　派拉蒙电影院。是跟这两个小伙子一块儿去的。那个——

埃　迪　布鲁克林区那家派拉蒙影院吗？

凯瑟琳　（在鲁道夫面前显得很窘，有点生气）当然，是布鲁克林区那家派拉蒙。我告诉你了，我们没去纽约城里。

埃　迪　（看到她生气，退让）好啦，我只是问问你。

（对鲁道夫）我只是不愿意她在时代广场上闲荡。明白吗？那儿到处都是流浪汉。

鲁道夫　埃迪，我倒希望能去一次百老汇。我希望能陪她到剧院和歌剧院所在的地方去遛遛。我打小就见过那里的霓虹灯照片。

埃　迪　（沉不住气了）我要跟她单独谈一下，鲁道夫。你先进去，好不好？

鲁道夫　埃迪，我们只是一起在街上遛遛。她教我知道好多事情。

凯瑟琳　你猜他最不习惯的是什么？是布鲁克林这一带没有喷水池！

埃　迪　（无可奈何地笑笑）喷水池。（鲁道夫也笑自己的幼稚）

凯瑟琳　他说在意大利，每个城镇都有喷水池，人们在那里相会。你猜怎么着？他的家乡树上长着橘子，还有柠檬。想想看——长满一树？我是说，多有意思啊。可他特别喜欢纽约。

鲁道夫　（想要套近乎）埃迪，我们干吗不能去一次百老汇呢——？

埃　迪　听我说，我要跟她谈点事——

鲁道夫　也许你也可以一块儿去。我想看看那些霓虹灯。（他看出埃迪脸上毫无反应。他瞟一眼凯瑟琳）我到河边去散散步，再回来睡觉。（他往街那头走去，下）

凯瑟琳　你怎么不跟他说会儿话啊，埃迪？他总是在祝福你，可你几乎都不理睬他。

埃　迪　（盯视着她）我总是在祝福你，可你也不跟我说话啊。（他勉强笑笑）

凯瑟琳　我不跟你说话？（她用拳头捶他的胳臂）你这是什么意思？

埃　迪　我现在简直见不着你，我回到家里，你不定到哪儿瞎转悠去了——

凯瑟琳　嗐，那是因为他什么都想看看，没别的原因，所以我们就去……你生我的气啦？

埃　迪　没有。（他走开些，惨然一笑）只是因为从前我一回到家，你总在。现在一转眼，你是个大姑娘了。我也不知道怎么跟你说话啦。

凯瑟琳　为什么？

埃　迪　我也不知道，你总是东奔西跑，凯蒂。我觉得你现在不再听我的话了。

凯瑟琳　（走上前）哦，埃迪，我当然听话。怎么啦？你不喜欢他吗？

［稍顿。

埃　迪　（转向她）你喜欢他吗，凯蒂？

凯瑟琳　（脸红，但坚持己见）是的，我喜欢他。

埃　迪　（微笑消失）你喜欢他。

凯瑟琳　（低下头）是的。（她抬起头来看他的反应，虽然笑着，却挺紧张。他像迷惘的孩子那样瞧着她）你反对他什么呀？我真不明白。他就知道祝福你。

埃　迪　（转过身去）他才不祝福我，凯蒂。

凯瑟琳　祝福！他把你当作父亲一样看待！

埃　迪　（转向她）凯蒂。

凯瑟琳　什么，埃迪？

埃　迪　你要跟他结婚吗？

凯瑟琳　我不知道。我们只是……一块儿出去遛遛，没别的。（转向他）你反对他什么啊，埃迪？请你告诉我。什么啊？

埃　迪　他不尊重你。

凯瑟琳　为什么？

埃　迪　凯蒂……如果你不是个没爹没妈的孩子，他带你这样到处去转悠，事先应不应当先征求一下你爹的意见呢？

凯瑟琳　哦，他以为你不会在乎这一点。

埃　迪　他知道我会在乎的，可他根本没把我放在眼里，这你还没看出来吗？

凯瑟琳　没有，埃迪，他处处尊重我。对你也一样尊重！我们一过马路，他就挽住我的胳臂——屈就我！你错怪了他，埃迪；我是说你——

埃　迪　凯蒂，他只是屈就他的护照罢了。

凯瑟琳　他的护照！

埃　迪　对了。他娶了你就有权当美国公民了。说白了，就是这么一档子事。（她又困惑又惊讶）你明白我跟你说的话吗？这小子现在是在找出路，他钻的就是这个空子。

凯瑟琳　（难过）哦，不是的，埃迪，我想不会是那么回事。

埃　迪　你不认为是这么回事吗？凯蒂，你快把我急哭了。瞧瞧他像个干活儿的人吗？他头一次挣的钱都干什么了？买了件时髦的外套，唱片，一双新的尖皮鞋，可他哥哥的孩子在那边患着肺病，都快饿死了，你知道吗？他是那种闯了祸就跑的没种的家伙，孩子；他脑子里满是灯红酒绿，百老汇。这种人，心里谁都没有，只想着自己！你嫁给他，可等你下次再见到他就是闹离婚了。

凯瑟琳 （走到他面前）埃迪，他从来就没提过他护照的事或者——

埃　迪 你是说他应当把这事告诉你吗？

凯瑟琳 我觉得他连想都没想过这事。

埃　迪 他何苦多想呢？他在这儿随时都可能给抓走，回去接着去推出租马车上山坡！

凯瑟琳 不会的，我不信。

埃　迪 凯蒂，别伤我的心，听我的话吧。

凯瑟琳 我不要听。

埃　迪 凯蒂，你听——

凯瑟琳 他爱我！

埃　迪 （十分惊讶）别这么说，我的老天爷！这是这个国家最古老的欺诈手段啦！——

凯瑟琳 （绝望地，好像他已经拍了板）我不信！（她

朝家门跑去）

埃　迪　（跟在她身后）自从有了移民法，他们就想法干这种勾当！他们抓住一个年幼无知的孩子，然后他们就——

凯瑟琳　（哭泣）我不信，请你别再说了，行不行？

埃　迪　凯蒂！

［他们走进公寓。起居室的灯光亮起来。贝特丽丝在那儿。她先看看哭哭啼啼的凯瑟琳，又把目光移向埃迪；他很不自然地做了个表明凯瑟琳无可救药的手势。

埃　迪　你干吗不开导开导她？

贝特丽丝　（对他所流露的那种感情既惊讶又生气）你什么时候才能不管她的私事！

埃　迪　贝，那小子不是个好东西！

贝特丽丝　（突然面露又畏惧又愤怒的神情）你是打算不管她的私事呢，还是要把我逼疯？（他转身，竭力保持自己的尊严，然而心虚地走出家门，来到街头，而后消失。凯瑟琳往卧室走去）你听我说，凯瑟琳。（凯瑟琳站住，局促不安地转向她）你自己打算怎么办？

凯瑟琳　我也不知道。

贝特丽丝　别跟我说你不知道；你也不再是个孩子了，你自己今后打算怎么办？

凯瑟琳　我说的话他不听。

贝特丽丝　我真不明白这是怎么回事。他也不是你亲爹，凯瑟琳，我不明白你们这是干什么呢？

凯瑟琳　（就像一个人想把内心埋藏的冲动合理地爆发出来那样）我该怎么办，当着他的面反对他？

贝特丽丝　你瞧，宝贝儿，你想嫁人还是不想嫁人，你在担心什么呢，凯蒂？

凯瑟琳　（浑身发抖，轻声地）我不知道，贝。他这样反对，就好像事情是错的。

贝特丽丝　（没有消除忧虑）坐下，宝贝儿，我想跟你说句话。来，坐下。过去有哪个男孩儿追求过你？从来没有，对不对？

凯瑟琳　可他说鲁道夫只想弄到他的护照。

贝特丽丝　你看，他什么都说得出口。他才不在乎自己说了啥呢，是不是？如果是个王子来追求你，事情也不会两样。这点你明白吗？

凯瑟琳 嗯，我想是这样。

贝特丽丝 这到底说明了什么呢？

凯瑟琳 （慢慢把头扭向贝特丽丝）什么啊？

贝特丽丝 这就是说，往后你得自己拿主意。你现在还认为自己是个小姑娘。可现在谁也不能替你作主了，明白吗？你应该让他明白，今后他再也不能向你发号施令了。

凯瑟琳 是啊，可我怎么跟他说呢？他认为我还是个孩子。

贝特丽丝 因为你自己就这么认为。我已经跟你说过不止五十遍，你的一举一动不能再像现在这个样子。你还总是穿着一件内衣，在他面前走来走去——

凯瑟琳 噢，我忘了。

贝特丽丝 可你不能再这样。他只穿着小裤衩在浴室刮胡子，你还爱坐在浴缸边上跟他聊天。

凯瑟琳 我什么时候那样做过？

贝特丽丝 今天早上我就看见你在那儿来着。

凯瑟琳 哦……我不过是想告诉他点事，我——

贝特丽丝 我知道，宝贝儿。可你如果一举一动还像个孩子，他也就会把你当孩子那样看待。比如说，有时他一进门，你就扑到他的怀里去，还像十二岁时那样。

凯瑟琳　我看见他就喜欢，就高兴，所以我——

贝特丽丝　我不是在告诉你该怎么做，宝贝儿，但是——

凯瑟琳　不，你可以告诉我，贝！哎呀，我自己都搞糊涂了。你瞧，我——他如今那么不痛快，叫我也很难过。

贝特丽丝　嗯，凯蒂，如果这叫你那么难过，那你只好在这儿当一辈子老处女啦。

凯瑟琳　不！

贝特丽丝　我是在跟你说实话，不是在开玩笑。近几年来我多次想跟你谈谈。这就是我为什么一听到你要出去工作就感到高兴，这样你就不会总在家里待着，可以独立些了。这是我心里话。全家人相互爱护是件好事，可你已经是成年人，和一个成年男子住在同一所房子里，所以往后你在行动上会注意着点，对不对？

凯瑟琳　对，我会的。我一定记住。

贝特丽丝 因为这不能只靠他，凯蒂，你明白吗？我跟他也这样说过了。

凯瑟琳 （急速地）说过什么了？

贝特丽丝 他该放你走，可你知道，如果只是我跟他说，他就认为我是在跟他大吵大闹，或许是在忌妒。

凯瑟琳 （惊讶地）他说过你在忌妒吗？

贝特丽丝 没有，我只是说他也许会那么想。（她勉强笑着，伸手去拉凯瑟琳的手）你认为我在忌妒吗，宝贝儿？

凯瑟琳 没有，我只是感到奇怪。

贝特丽丝 （沉静而忧郁地一笑）嗯，你早就该想到这点了……我没有忌妒。我们会很好地相处。只是让他明白过来，你用不着跟他争吵，你是——你是个成年人，就是这样，你又交往了一个很好的小伙子，现在也到你说再见的时候了，好吗？

凯瑟琳 （对这前景感受很深）好吧……如果我办得到的话。

贝特丽丝 宝贝儿……你必须这样做。（这当儿，凯瑟琳意识到这个要求十分迫切，有所领悟地怀着

一点恐惧，转身瞧着贝特丽丝。她都快哭出来了，好像自己熟悉的一个小天地已经崩塌)

凯瑟琳　好吧。

［灯光从她们身上消失，又照在坐在写字台后面的阿尔弗利身上。

阿尔弗利　就在这时，他头一次来找我。几年前我曾经代表他的父亲打过一场意外事故的官司。我跟这家人有那么点交情。他一进门，我就把他认出来了。(埃迪从右边坡道上)他的两只眼睛黑洞洞，像两个坑；我首先想到的是他犯了案。(埃迪在写字台旁坐下，手里拿着帽子，向前方看着)可我马上就看出那只是一种激情突如其来闯入他内心。(阿尔弗利顿住，低头看他的写字台，又望一眼埃迪，好像他在跟埃迪继续谈话)我不大明白我能帮你什么忙。这里没有涉及法律的问题啊?

埃　迪　我就是要问你这事。

阿尔弗利　因为一个姑娘爱上一个移民，并没有什么违法的地方。

埃　迪　对，不过如果只是为了搞到护照呢?

阿尔弗利　首先，这一点你并没搞清楚。

埃　迪　我从他的眼神里看得出来；他在嘲笑她，也在嘲笑我。

阿尔弗利　埃迪，我是一名律师。我只能办理可证实的事。这点你明白，对不对？你能证实这一点吗？

埃　迪　我知道他脑子里想的是什么，阿尔弗利先生！

阿尔弗利　埃迪，即使你能证实这一点——

埃　迪　听我说……你能不能听一下我的话？我爹总是说你是个很能干的人。我要你听一下我说的。

阿尔弗利　我只是一名律师，埃迪。

埃　迪　你能不能听一听？我是在说法律的事。让我把我的意思说出来。一个非法进入这个国家的人，该不该把他挣来的每分钱都存起来？因为他们朝不保夕啊，对不对？

阿尔弗利　好吧。

埃　迪　可他把钱都花掉了。他现在买什么唱片啦，皮鞋啦，外套啦。你明白我的意思吗？这小子无忧无虑。这小子来到了这儿。所以他一定事先早就在脑子里做好了周密的计划——他要一直待下去，对不？

阿尔弗利　嗯，那又怎样？

埃　迪　好吧。（他瞥一眼阿尔弗利，接着低头瞧着地板）我是在跟你说心里话，对不？

阿尔弗利　当然。

埃　迪　我的意思是这种话只能在这儿说说。因为我不愿意这样议论别人。连我老婆我都没完全跟她这样说过。

阿尔弗利　到底什么事？

埃　迪　（歇口气，朝两肩后面望一下）这小子不大对头，阿尔弗利先生。

阿尔弗利　你这是什么意思？

埃　迪　我是说他不大对头。

阿尔弗利　我不明白你的意思。

埃　迪　（在椅子上换个姿势）你见过他的面吗？

阿尔弗利　没有，我不认识他。

埃　迪　他是个金发小伙儿。像……白金那样淡，你懂我的意思吗？

阿尔弗利　不懂。

埃　迪　我是说你要是用手把一张纸啪的一声盖住——那股风就能把他吹跑。

阿尔弗利　那也说明不了——

埃　迪　等一下，我再跟你说点事。他还会唱歌，喏，就是那种——我是说那也没什么关系，可是有时他唱一个曲调，喏。我就转过身去。我是说——调门儿太高了。你明白我的意思吗？

阿尔弗利　那是男高音。

埃　迪　我知道什么是男高音，阿尔弗利先生。可他那种唱法绝不是男高音。我是说，你如果到我们家里来，并不知道是谁在唱歌，你就会以为是个姑娘而不是个小伙子在唱。

阿尔弗利　嗯，可那也不——

埃　迪　等一下，我再告诉你点事。阿尔弗利先生，我是想在这儿把我的想法和盘托出。几天前的一个晚上，我的外甥女找出来一件衣服，穿着太小，因为这一年她像闪电一般长个儿。那个小伙子就把那件衣服接过去，放在桌上，用剪子铰了起来；七拼八凑，他就给她做了件新衣服。我是说他显得那么可爱，就像个天使——他可爱得叫你都想吻他。

阿尔弗利　现在听我说一句，埃迪——

埃　迪　阿尔弗利先生，人家在码头上都笑话他。我听了都害臊。他们管他叫纸娃娃。现在还叫他金头发。他哥哥认为那是因为他会逗人乐——瞧——他确实会逗人——可他们不是为这个笑话他。他们都不愿意明说，因为他是我的亲戚；他们如果说俏皮话，日后怎么有脸见我？可我知道他们在笑什么；我一想到这小子要对我的外甥女下手，我就恨不得——我是说这事叫我伤心透了，阿尔弗利先生，因为我养活这个姑娘可不容易呵。而现在他一闯入我的家门就——

阿尔弗利　埃迪，你瞧——我也有自己的儿女。我理解你的心情。可是法律是很明确的。法律并不……

埃　迪　（越发怒火上升）你是要告诉我，这里没有什么法律来管制一个不大对头的家伙去工作，去娶一个姑娘，去——？

阿尔弗利　这方面你无法求助于法律，埃迪。

埃　迪　可是如果他不大对头，阿尔弗利先生，你是不是要告诉我——

阿尔弗利　你一点办法也没有，埃迪，相信我。

埃　迪　没办法。

阿尔弗利　一点办法也没有。这方面只存在一个法律上的问题。

埃　迪　什么问题？

阿尔弗利　他们是怎样进入这个国家的。不过我想你是不会在这方面干出点什么事来的，对不对？

埃　迪　你的意思是说？

阿尔弗利　他们是非法进入美国的。

埃　迪　噢，老天，不，我不会在这方面干什么事的，我是说——

阿尔弗利　那好，再让我说两句，好不好？

埃　迪　阿尔弗利先生，我不信你跟我说的话。我是说总应该有什么法律可以——

阿尔弗利　埃迪，我要你听我说。（稍顿）你知道，有时上帝把人们掺和混了。我们都在爱着一些人，妻子，儿女——人人都有自己爱的人，对不对？可有时……爱得太过分了。你知道吗？太过分了，结果感情就用得不是地方。一个人辛辛苦苦干活儿，养活大一个孩子，有时是外甥女，有时哪怕是自己的女儿，他自己从来也没意识到，这些年来，对女儿爱得过分了，对外甥女爱得过分了。我跟你说的这些话，你明白吗？

埃　迪　（讥诮地）你这是什么意思？难道我不应该为她好好着想吗？

阿尔弗利　要的，可这些事要有个头儿，埃迪，没有别的意思。孩子早晚要长大，要走掉，人得学会淡忘。因为，不管怎样，埃迪——还能有什么别的结束的办法吗？（停顿）让她去吧。这是我的劝告。你已经尽了你的责任，现在该她自己去生活啦；祝她好运，让她去吧。（停顿）你能这么办吗？因为这方面没有什么法律，埃迪；下决心吧；法律与此无关。

埃　迪　你的意思是说，即使他是个小流氓？即使他是个——

阿尔弗利　你一点办法也没有。

［埃迪站起来。

埃　迪　那好吧，谢谢你。多谢你了。

阿尔弗利　你打算怎么办？

埃　迪　（做一个无可奈何而又讽刺的手势）我有什么办法呢？我是个傻瓜，一个大傻瓜又有什么办法呢？我像条狗似的，干了二十年的苦活儿，为的就是让一个小流氓能得到她；这就是我干的事哟。我是说，在最糟糕的年头，最坏的日子里，码头上一条船也没来，我并没闲站着求人救济——我想尽办法找活儿干。布鲁克林码头空荡荡，我就跑到霍博肯，斯塔滕岛，西区，泽西，四处都去——因为我许下一个诺言。我从我嘴里省下来吃的喂她。从我老婆嘴里省下来吃的喂她。有好多天我饿着肚子在这个城市里瞎转悠！（他简直控制不住自己的感情了）可我现在得坐在自己家里，那样眼巴巴地看着那婊子养的流氓——他是打哪儿钻出来的啊！我把他收留下来！我把自己盖的被子给他盖，他接受了一切，还把他那肮脏的爪子像该死的小偷那样伸向她！

阿尔弗利　（站起来）可是，埃迪，她现在已经是个成年人了。

埃　迪　他从我这儿偷窃！

阿尔弗利　姑娘要出嫁，埃迪。她也不能嫁给你，是不是？

埃　迪　（发火地）你在说什么，嫁给我！我不明白你究竟在说什么！

［停顿。

阿尔弗利　我是在忠告你，埃迪。没别的意思。

［埃迪准备走。稍顿。

埃　迪　那我就谢谢了，多谢你。这可太——太伤我的心了，你知道，我——

阿尔弗利　我明白。别再想这事了。你能做到这点吗?

埃　迪　我——(他觉得要失声恸哭了，无可奈何地摆一下手）以后再见吧。(他从右边坡道下）

阿尔弗利　（坐在写字台前）有时你想散布一种警告，可什么事也没发生。我知道，我当时当地就知道——我其实在那天下午就可以一劳永逸地把这事了结。这不像其中有什么谜团需要去解开。我看得出每一步的进展，一步一步地，就像一个黑影儿在过道里朝某个门口走去那样。我知道他在朝什么方向走去，我也知道他会在什么地方终了。好几个下午我坐在这里扪心自问，像我这样一个聪明人，为什么竟然毫无能力去制止这件事。我甚至到附近一个老太太家里去，一个非常聪明的老太太，我把这事告诉她，而她却只点点头，说道："为他祈祷吧……"于是后来我就——在这儿等待。

［灯光在阿尔弗利身上消失，又照亮埃

迪家；全家吃过饭了。贝特丽丝和凯瑟琳正在收拾桌子。

凯瑟琳 您知道他们去过哪儿吗？

贝特丽丝 哪儿啊？

凯瑟琳 他们去过一趟非洲。乘一艘渔船去的。（埃迪瞧她一眼）是真的，埃迪。

［贝特丽丝端着盘子朝厨房走去。

埃　迪 我啥也没说啊。（他走到摇椅前，拿起一张报纸）

凯瑟琳 可我连斯塔滕岛都没去过。

埃　迪 （拿着报纸坐下）你啥也没错过。（稍顿。凯瑟琳端着盘子进入厨房）你们到非洲去，得走多少日子啊，马可？

马　可 （站起来）哦……两天，我们就到了。

鲁道夫 （站起来）有一次我们还到南斯拉夫去了一趟。

埃　迪 （对马可）在那些船上干活儿，挣钱多吗？

［贝特丽丝进来。她和鲁道夫把剩下的盘子叠起来。

马　可　他们要是捕到鱼，挣的就还可以。（坐在一张凳子上）

鲁道夫　那都是私人家的船。可我们家谁也没有一条船。所以如果哪一家有人病了，我们才能干上活儿。

贝特丽丝　你知道，马可，我不明白的是——海洋里净是鱼，可你们却在挨饿。

埃　迪　他们得有船啊，渔网啊，这都得用钱买。

［凯瑟琳上。

贝特丽丝　对，可他们不能从海滩上钓鱼吗？你在科尼岛上就可以看见——

马　可　小沙丁鱼。

埃　迪　当然。（笑）你怎么用鱼钩钓沙丁鱼呢？

贝特丽丝　哦，我不知道那都是沙丁鱼。（对凯瑟琳）那敢情都是小沙丁鱼！

凯瑟琳　是啊，他们到海洋各处去，非洲啦，南斯拉夫啦，去追捕……（她坐下，翻阅一本电影杂志。鲁道夫过去和她一起看）

贝特丽丝　（对埃迪）真有趣儿，你知道。你永远也想不到沙丁鱼是在大海里游来游去的！（她又端着盘

子往厨房走去）

凯瑟琳　我知道。就像橘子和柠檬长在树上一样。（对埃迪）我是说你想过橘子和柠檬长在树上吗？

埃　迪　嗯，我知道。很有意思。（对马可）我听说他们给橘子染上颜色，好让它们看起来是橘黄色的。

［贝特丽丝上。

马　可　（正在读一封信）染上颜色？

埃　迪　是啊，我听说它们长出来是绿色的。

马　可　不，在意大利，橘子就是橘黄色的。

鲁道夫　柠檬才是绿色的。

埃　迪　（对他的纠正表示不满）我知道柠檬是绿的，老天，你在店里有时可以看见它们是绿的。我是说他们染橘子，我压根儿就没提柠檬。

贝特丽丝　（坐下，岔开他们的话题）你妻子收到钱了吗，马可？

马　可　哦，收到了。她给孩子买了药。

贝特丽丝　那太好了，你心里也舒服点了吧，呃？

马　可　哦，当然！可我感到挺寂寞。

贝特丽丝　我只希望你别像这儿有些人那样。他们有的在这儿待了二十五年，可攒的钱还不够回两趟家。

马　可　哦，我知道。我们镇上有不少人家，孩子从来没见过父亲的面。可我是要回家的。我想，三四年后就回去。

贝特丽丝　也许你应该在这边多留点钱。因为她也许会认为钱来得那么容易就随便乱花，你便永远也不会有积蓄了。

马　可　哦，不会的，她用钱节省。我把挣来的钱都汇回去了。我妻子也挺寂寞的。（他不好意思地笑一下）

贝特丽丝　她人一定很好。她漂亮吗？肯定漂亮，对不？

马　可　（脸红）不漂亮，可她是个明白人。

鲁道夫　对，他有个贤慧的妻子！

埃　迪　我敢说他们有些家伙回家之后，会发现不少意想不到的事吧，对不对？

马　可　意想不到的事？

埃　迪　（笑着说）我是说，你是知道的——他们一数孩子，比他们离开的时候又多了几个，对不对？

马　可　不会的，不会的……我们的女人会等，埃迪。大多数是这样，大多数是这样，很少出意料之外的事。

鲁道夫　我们镇上在这方面是比较严格的。（埃迪这时瞧着他）不是那么随便。

埃　迪　（站起来，走来走去）这儿可也不像你想象的那么随便，鲁道夫。我见过一些不懂事的人有时就那样出了事——他们还当一个姑娘不裹着头巾出门，就一定是挺随便的，你知道吗？姑娘并不是非得穿黑衣服才算规规矩矩。你明白我的意思吗？

鲁道夫　嗯，我一向尊重——

埃　迪　我知道，不过我的意思是说，在你们镇里，你不会不经家长同意就随随便便把人家的大姑娘拖出去。（转身）你明白我的意思吗，马可？这里也没多大区别。

马　可　（谨慎地）明白。

贝特丽丝　可他也并不是硬把她拖出去的啊，埃迪。

埃　迪　我知道，不过我见过有些人有时可打错了主意。（对鲁道夫）我是说这里可能比较自由些，可也一样严格。

鲁道夫　我对她是尊重的，埃迪。我做了什么错事吗？

埃　迪　你看，孩子，我不是她的亲爹，我只是她的姨夫——

贝特丽丝　那就当你的姨夫吧。（埃迪瞧着她，觉出她那种批评的口气）我就是这个意思。

马　可　不对，贝特丽丝，如果鲁道夫做错了，您应当告诉他。（对埃迪）他哪点做错了？

埃　迪　嗯，马可，在他来这里之前，她可从来没有夜里出门，十二点才回来。

马　可　（对鲁道夫）你以后早点回家。

贝特丽丝　（对凯瑟琳）你不是说电影散场晚了吗？

凯瑟琳　是。

贝特丽丝　那就告诉他呀，宝贝儿。（对埃迪）电影散场晚了。

埃　迪　你听着，贝，我只是说——他还以为她过去总是出去这么晚才回家。

马　可　你今后早点回家，鲁道夫。

鲁道夫　（窘迫地）好吧，当然。可我也不能总待在家里呀，埃迪。

埃　迪　我不只是在讲她一个人。你越那样在外面乱跑，越有可能出事儿。（对贝特丽丝）我是说要是他让汽车撞了什么的。（对马可）他的身份证呢？

他是什么人？明白我的意思吗？

贝特丽丝　对，可他大白天是什么人呢？大白天也有同样的可能啊。

埃　迪　（竭力压制自己充满怒意的口气）对，可他没有必要到外面去找麻烦，贝特丽丝。他如果到这里来是为了干活儿，那就好好干活儿；他如果到这儿来是为了寻欢作乐，那就可以到处去闲荡！（对马可）可我了解，你们俩到这儿来都是为了挣钱养家。你明白我的话，对不对，马可？（他走向摇椅）

马　可　我请你原谅，埃迪。

埃　迪　我是说，我打一开始就是这样理解的。

马　可　对，我们就是为了这个原因来的。

埃　迪　（坐在摇椅上）我要求的也就是这一点。

［埃迪拿起报纸开始看报。稍顿，气氛十分尴尬。凯瑟琳站起来，走到留声机前，放上一张名为《纸娃娃》的唱片。

凯瑟琳　（激动得要反抗他）你想跳舞吗，鲁道夫？

［埃迪僵住。

鲁道夫 （怕埃迪反对）不想跳，我——我累了。

贝特丽丝 不要紧，跳吧，鲁道夫。

凯瑟琳 啊，来吧。这是首好听的四重奏。来吧。

［她拉起他的手，他僵硬地站起来，感到埃迪在背后瞪着他。他们跳起舞来。

埃　迪 （对凯瑟琳）这是什么歌，一张新唱片吗？

凯瑟琳 还是那张。我们那天买的。

贝特丽丝 （对埃迪）他们总共才买了三张唱片。（她瞧着他们跳舞；埃迪把头掉开。马可坐在那里静候。这当儿，贝特丽丝转脸冲着埃迪）坐上他们的一条渔船到处去转悠，一定很有意思。我也愿意那样来一趟。你见过那些国家吗？

埃　迪 见过。

贝特丽丝 （对马可）我敢说没有女人跟着去吧。

马　可 没有，船上没有女人。船上的活儿很重。

贝特丽丝 船上都有什么啊，厨房什么的都有吗？

马　可 有，在船上吃得很好——尤其是鲁道夫跟着一块儿去的话，大家都长胖了。

贝特丽丝 哦，他会做饭？

马　可　当然，做得好极了。米饭啦，面食啦，烤鱼啦，他什么都会做。

［埃迪放下报纸。

埃　迪　他敢情还是个大厨啊！（瞧着鲁道夫）他会唱歌，会做饭……

［鲁道夫感激地微笑着。

贝特丽丝　嗯，这挺好嘛，他总可以挣钱养活自己啦。

埃　迪　妙得很。他会唱歌，会做饭，还会做衣服。

凯瑟琳　他们都挣大工钱，那些小伙子。所有大饭店的大厨都是男人。你在报纸上可以看到。

埃　迪　我就是这么说的。

［凯瑟琳和鲁道夫继续跳舞。

凯瑟琳　是啊，我也这么说。

埃　迪　（对贝特丽丝）他很走运，真的。（稍顿。他掉开目光，接着又转向贝特丽丝）所以码头这个地方对他不合适。（他们停止跳舞。鲁道夫关上留声机）我是说像我——我不会做饭，不会唱歌，不会做衣服，所以我得在码头上扛大个儿。可是我如果会做饭，会唱歌，会做衣服，就不在码头上干活儿了。（他不自觉地把报纸拧成一个卷。这当儿，大家都盯视着他；他觉出自己已经开了头，就不得不说下去）我就不在这儿了。我或许在一家服装店工作。（他把拧成卷的报纸一撅，猛地扯成两段；他忽地站起来，两手提一下裤子，走到马可面前）怎么样，马可，咱们下星期六晚上去看一场拳击赛。你还从来没看过拳击赛吧？

马　可　（不安地）只在电影里见过。

埃　迪　（走到鲁道夫面前）我也请你。怎么样，丹麦小子？你想不想去？我去买票。

鲁道夫　当然，我也想去。

凯瑟琳　（走到埃迪面前，不安地笑着）我去煮点咖啡，好吗？

埃　迪　好，去煮点！煮得香香的，浓浓的。（她困惑地笑着走进厨房。他出奇地兴奋，摩拳擦掌。他大步跨到马可面前）你等着，马可，你先在这儿见识见识真正的拳击。你从来没打过拳吧。

马　可　没有，从来没有。

埃　迪　（对鲁道夫）我敢说你打过吧，对不对？

鲁道夫　没有。

埃　迪　那好，过来，我来教教你。

贝特丽丝　他学那个干什么？

埃　迪　这很难说，也许哪天有人故意找茬儿，踩他的脚什么的。过来，鲁道夫，我来教你几下子。（他站在桌子下方）

贝特丽丝　过去吧，鲁道夫。他拳打得不赖，可以教教你。

鲁道夫　（窘迫地）可我不知道怎么——（他走向埃迪）

埃　迪　把两只手抬起来。这样，瞧？对啦。好极啦，把左手放在上方，因为你用左拳开头，瞧，这样。（他轻轻把左拳伸到鲁道夫脸上）瞧见了没有？现在你应当挡住我，所以我要是把拳头这么挥过来，你——（鲁道夫闪开他的左拳）嚯，好极啦！（鲁道夫笑了）好吧，现在朝我挥过来吧。来啊。

鲁道夫　我不想打着你。

埃　迪　别心疼我，来吧。打，我教你怎么挡。（鲁道夫一边笑着，一边挥拳打去。别人都跟着笑了）打，来，再来一下。我的下巴就在这儿呐。（鲁道夫更准确地挥拳过去）棒极啦！

贝特丽丝　（对马可）他打得很好啊！

［埃迪直接窜到鲁道夫身后。

埃　迪　当然，他棒极了！来吧，孩子，加油，你伤不了我。（鲁道夫更正经地朝埃迪的下巴挥拳过去，轻擦一下）好小子！（凯瑟琳从厨房里出来，一旁观望）现在该我打你啦，挡着，瞧见了没有？

凯瑟琳　（预感不妙）他们在干什么呐？

［他们在轻轻击拳。

贝特丽丝　（至今只认为两人在友好地闹着玩儿）他在教他打拳；他也打得很好！

埃　迪　当然，他棒极啦！瞧他打的！（鲁道夫挥一拳）对了！现在，小心啊，我来啦，丹麦小子！（他用左拳虚晃一下，右拳击去。鲁道夫轻轻摇摆了一下。马可站起来）

凯瑟琳　（跑到鲁道夫身前）埃迪！

埃　迪　怎么？我也没打痛他。我打痛了吗，小子？

［埃迪把手背在嘴上蹭一下。

鲁道夫　没有，没有，他没打痛我。（朝埃迪瞧一眼，微微一笑）我只是没想到会挨一下。

贝特丽丝　（把埃迪推向摇椅那边去坐下）行了，埃迪；他打得还不错。

埃　迪　是啊。（揉着两个拳头）他可以学得很好。马可，我哪天还得教教他。

［马可怀疑地点点头。

鲁道夫　跳舞吧，凯瑟琳。来。（他拉着她的手；他俩走到留声机前，放上唱片。又是《纸娃娃》那首曲子）

［鲁道夫把她搂在怀里，跳起舞来。埃迪坐在摇椅里沉思；马可拿起一把椅子，放在埃迪面前，低头瞧着它。贝特丽丝和埃迪望着他。

马　可　你能把这把椅子举起来吗？

埃　迪　你这是什么意思？

马　可　从这儿举。（他一条腿跪下，一只手放在背后，用另一只手抓住一条椅腿，但并没把它举起来）

埃　迪　当然可以，这有什么难？（他走到椅子前，跪下，抓住椅子腿，把椅子举起一英寸，可是它又倒在地上了）哟，敢情不容易哟，我过去从来不知道有这么难举。（他再试一下，又失败了）这是因为力量都集中在一个角儿上，所以不好举，呃？

马　可　你瞧我来。（他跪下，抓住椅腿，用力慢慢把椅子举得越来越高，接着身子站起来。鲁道夫和凯瑟琳停止跳舞，看着马可把椅子高高举过头）

［马可面对埃迪，目光炯炯，下巴使着劲，梗着脖子，那把举在埃迪头顶上方的椅子就像个武器——他先朝埃迪警告似的怒目而视，转而又胜利地一笑；埃迪注意到他的目光，脸上的笑容顿逝。

——幕　落

第二幕

［灯光照亮在阿尔弗利身上，他坐在书桌前面。

阿尔弗利　那年十二月二十三日，一箱苏格兰威士忌酒从船上给卸下来，由一个网子上慢慢滑下——因为十二月二十三日，四十一号码头总会有一箱威士忌酒给卸下来。天没下雪，却挺冷，埃迪的妻子上街买东西去了。马可还在上工。鲁道夫那天没给安排活儿；凯瑟琳后来告诉我那天他俩还是头一回单独待在家里。

［灯光照亮那所公寓的房间。凯瑟琳正往桌上铺的一块布料上摆一张纸样子，鲁道夫在一旁看着她。

凯瑟琳　你饿吗？

鲁道夫　不想吃什么东西。（停顿）我差不多已经有三百块钱啦。凯瑟琳？

凯瑟琳　我听见了。

鲁道夫　你如今不再爱谈这事了吗？

凯瑟琳　当然爱谈，我并不反对谈这事。

鲁道夫　什么事叫你心神不安啊，凯瑟琳？

凯瑟琳　我一直想问你点事，能问吗？

鲁道夫　我的一双眼睛就能解答一切，凯瑟琳。可你近来不再看我的眼睛了。你一肚子的秘密。（她瞧他一眼，好像有点畏缩）你要问什么？

凯瑟琳　假如我想在意大利安顿下来。

鲁道夫　（对这句莫名其妙的话付之一笑）你打算去嫁给什么阔佬吗？

凯瑟琳　不，我是说到那儿去住下——我跟你。

鲁道夫　（微笑消逝）什么时候？

凯瑟琳　嗯……等咱俩结了婚。

鲁道夫　（惊讶地）你难道想入意大利国籍吗？

凯瑟琳　不想，可我不入意大利国籍也可以住在那里呀。那儿也有美国人住着啊。

鲁道夫　永远吗？

凯瑟琳　嗯。

鲁道夫　（朝摇椅那边走去）你在开玩笑吧。

凯瑟琳　没有，我真有这个意思。

鲁道夫　你怎么会有这种想法？

凯瑟琳　咦，你不总是说那里美极了，风景秀丽，有高山，有海洋，还有——

鲁道夫　你在跟我开玩笑吧。

凯瑟琳　我真有这个意思。

鲁道夫　（慢慢朝她走来）凯瑟琳，如果我分文不名，没有工作，啥也没有，就把你带回家去，他们便会把神甫和医生请来，会说鲁道夫别是疯了。

凯瑟琳　这我明白，不过我想咱俩到那里去会更幸福。

鲁道夫　幸福！你吃啥？你不能把风景拿来炒着吃啊！

凯瑟琳　你也许可以当一名歌手，在罗马或是——

鲁道夫　罗马！罗马满街都是歌手。

凯瑟琳　哦，那我也可以找份工作啊。

鲁道夫　到哪儿去找？

凯瑟琳　老天爷，总可以在哪儿找到份工作吧！

鲁道夫　那儿啊，啥也找不到！啥工作也没有，没有，没有。告诉我，你眼下到底在说啥啊？我怎能把你从一个富国带到一个穷国去受苦受难呢？你这是在说啥呀？（他搜索枯肠，寻找适当的词汇）那我就等于是个偷窃你的脸蛋儿的罪犯啦。过不了两年，你这张漂亮的脸蛋儿就会变得又老又有菜色。我哥哥的几个娃娃一哭，他们就喂孩子水喝，熬着一块骨头的水！这你信不信？

凯瑟琳　（轻声地）我在这儿害怕埃迪。（稍顿）

鲁道夫　（朝她身边靠近）咱俩从这儿搬出去。等我一取得这里的国籍，哪儿我都可以去工作了；我会找些更好的工作干，咱俩就可以自己租个房子。凯瑟琳，我如果不担心被抓起来，就会在这里开始当个了不起的人啦！

凯瑟琳　（坚决地）告诉我。鲁道夫，我的意思是说，你只要告诉我——咱俩如果最后不得不到意大利去安家，你还愿意跟我结婚吗？我只是说如果不得不那样的话。

鲁道夫　这是你提的问题，还是他提的问题？

凯瑟琳　是我想知道，鲁道夫。我确实想知道。

鲁道夫　两手空空地回到那儿去。

凯瑟琳　嗯。

鲁道夫　不行。（她睁大眼睛望着他）不行。

凯瑟琳　你不愿意吗？

鲁道夫　不行；我不会娶你回意大利去安家。我要娶你作我的妻子，我要入美国籍。你去把这话告诉他，要么我自己去说，就是这样。（他怒气冲冲地走来走去）你还应该告诉他，也请你自己明白，我不是一个叫化子，你也不是一匹马，一件礼物，一份奉送给一名穷移民小子的人情。

凯瑟琳　你别发脾气啊！

鲁道夫　我气疯了！（走向她）你认为我真是那么走投无路吗？我哥哥是的，我可不是。你认为我会今后一生背着一个我不爱的女人，只为了当个美国人吗？妙得很，是不是？你以为我们意大利没有高楼大厦？没有电灯？没有宽马路？没有彩旗？没有汽车吗？我们没有的只是工作。我想当个美国人，只是为了可以干活，这里唯一的奇迹——就是有工作可干！你怎么能这样侮辱我，凯瑟琳？

凯瑟琳　我没有那种意思——

鲁道夫　我看到你这个样子，心头十分沉痛。你干吗那么怕他？

凯瑟琳　（快哭出来了）我不知道！

鲁道夫　你信得过我吗，凯瑟琳？你？

凯瑟琳　只因为我——他一直待我很好，鲁道夫。你不了解他；对我来说，他一向是个最好的人。好人一个。可他近来总是嘲笑我，并不是故意的。我知道。我——如果让他难过，就只会感到惭愧。因为我总在想象我结婚时，他会在我的婚礼上显得非常高兴，而且欢笑——可现在他——总爱发脾气，闹别扭——（她哭了）告诉他，你会回意大利去住——只要告诉他一声，也许他就会开始对你信任一点，明白吗？因为我想让他愉快；我的意思是——我喜欢他，鲁道夫——我对眼前这种情况简直受不了了。

鲁道夫　唉，凯瑟琳——唉，还是个小姑娘。

凯瑟琳　我爱你，鲁道夫，我爱你。

鲁道夫　那你干吗害怕？怕他打你的屁股吗？

凯瑟琳　别，别笑话我！我从小就一直待在这里……我天天都见到他早晨去上工，晚上回家来。你以为很容易就能翻脸不认人，对人说你已经不再把他放在眼里了吗？

鲁道夫　我明白，可是——

凯瑟琳　你不明白，谁也不明白！我也不是个小孩子，我明白的事，要比人家认为我明白的事多得多。贝特丽丝说要做个大人，可——

鲁道夫　是啊。

凯瑟琳　可她干吗自己不做个大人呢？我如果是谁的妻子，就会让那个男人高高兴兴，不总是成天价跟他吵架。我隔着一条街就能看出他心里不痛快，想找个人消消停停地说说话。我一眼就能看出他饿了，或是想喝杯啤酒，甭等他开口。我知道他脚痛什么的，我是说我完全了解他，而现在我得翻脸不认他吗？我真闹不明白为什么我非得那样做不可。

鲁道夫　凯瑟琳，如果我抚养一只小鸟，它慢慢长大了，想要飞走，可我因为太宠爱它就不放它飞走，我那样做对吗？我不是说要你恨他；不过你总有该走的一天呀，对不对，凯瑟琳？

凯瑟琳　（轻声地）搂搂我。

鲁道夫　（把她搂在怀里）唉，我的小姑娘。

凯瑟琳　教教我该怎么做才好。（她哭了）我什么都不知道，教教我吧，鲁道夫，搂紧我。

鲁道夫　家里现在没人。到里屋去吧。来。（他把她领向卧室）别再哭啦。

［灯光照亮街头，埃迪立刻出现。他摇摇晃晃，喝得酩酊大醉。他爬上楼梯，走进家门。他环视四周，从外衣口袋里掏出一瓶酒放在桌上，又从另一边口袋里掏出一瓶酒，再从里兜儿里掏出第三瓶酒。他看到桌上放的布料和纸样，走过去摸摸，然后转身冲向舞台后方。

埃　迪　贝特丽丝？（他走向敞着门的厨房，朝里瞧一眼）贝特丽丝？贝特丽丝？

［凯瑟琳从卧室里出来，在他的注视下，把衣服理理整齐。

凯瑟琳　你今天下班早。

埃　迪　圣诞节，歇手得早。（指着衣服样子）鲁道夫在给你做件衣服吗？

凯瑟琳　不是，我自己在做件衬衫。

［鲁道夫出现在卧室门口。埃迪看见他，惊讶得一只胳臂微微抖动。鲁道夫有点不高兴地冲他点点头。

鲁道夫　贝特丽丝出门给她母亲买礼物去了。

［稍停。

埃　迪　去收拾你的东西。去。拿着你的破烂儿，给我滚出去。（凯瑟琳立刻转身朝卧室走去，埃迪一把揪住她的胳臂）你上哪儿去？

凯瑟琳　（吓得发抖）我想我得离开这儿了，埃迪。

埃　迪　不行，你哪儿也不许去，是他得走。

凯瑟琳　我觉得我也不能再待在这儿了。（她把胳臂挣脱出来，朝卧室倒退过去）很抱歉，埃迪。（她看见他眼中盈满泪水）唉，别哭。我会住在附近，还会来看你的。我只是不能再在这儿待下去了。你知道我不能了。（她出于对他的怜悯和热爱而抽泣起来，没法保持沉着镇静）你难道不知道我不能了吗？这你是明白的，对不？（她向他走去）祝我幸福吧。（她祈祷似的紧握两手）唉，埃迪，别这样！

埃　迪　你哪儿也不许去。

凯瑟琳　埃迪，我不再是个孩子了！你——

［他突然伸手把她搂在怀里；她挣扎着想摆脱，他亲了一下她的嘴。

鲁道夫　不许你这样放肆！（他拉扯埃迪的胳臂）放手！对她放规矩点！

埃　迪　（身子被鲁道夫拉开）你想要什么？

鲁道夫　对！她就要跟我结婚了。我要的就是她。我的妻子！

埃　迪　可你能做什么？

鲁道夫　我会让你看看我能做什么！

凯瑟琳　到外面去等着我，别跟他吵架！

埃　迪　来吧，露一手给我瞧瞧！你能做什么？露一手给我瞧瞧！

鲁道夫　（气得流下眼泪）别这样跟我说话！

［鲁道夫冲过去要揍他。埃迪笑着扣住他的双手，突然吻他一下。

凯瑟琳　埃迪！放开他，听见没有！我宰了你！放开他！

［她朝埃迪的脸抓去，埃迪松开鲁道夫。埃迪站在那里，一边嘲笑鲁道夫，一边淌着热泪。她惊恐地盯视着他。鲁道夫僵立着。他俩像野兽那样撕扯一番，又不分胜负地给扯开，两人都在等对方的下一步。

埃　迪　（对凯瑟琳）你看见没有？（对鲁道夫）我限你明天，小子，从这儿滚出去。一个人。听见没有？一个人。

凯瑟琳　我跟他一块儿走。（她朝鲁道夫走去）

埃　迪　（头撇向鲁道夫）不能跟那小子走。（她停住脚步，惊惶失措。他坐下来，还在喘气；他俩不知所措地瞧着他，他坐在桌前，身子倚向他俩）别逼我干出点什么事来，凯瑟琳。你小心点，“黑人儿”。按照法律，他们该把你扔回到海里去。可我过去是怜悯你。（他摇摇晃晃地朝门口移动，脸一直冲着鲁道夫）只要你从这儿滚出去，别再碰她一下，除非你想让人给抬了出去。（他走出家门）

[灯光暗下来，接着又照亮在阿尔弗利身上。

阿尔弗利　我再见到他，是在十二月二十七日。我通常都在六点钟以前下班回家，可是那天我坐在窗前眺望着窗外的码头工人。我一看见他走进我的大门就知道我干吗要等待了。人们如果觉得我把这事说得像是一场梦，那么，事实也确实如此。在我们前两次谈话的过程当中，我有一阵子突然感觉自己多么——我觉得自己几乎惊呆了。我浑身软弱无力。（埃迪走进来，摘掉帽子，在椅子上坐下，似乎心事重重）我与其说在听他说话，不如说在观察他的眼神——我的确不大记得那天的对话了。可我永远忘不了他瞧着我的时候，房间里的光线变得多么暗淡，他的两只眼睛就像坑道一样空洞洞。我一直就想报警，可是什么事也没发生。真的没发生什么事。（他突然顿住，两眼盯视着书桌。接着他又转向埃迪）换句话说，他不肯走吗？

埃　迪　我老婆说要在楼上给他们租一间屋子。顶层一位老太太有间空房间。

阿尔弗利　马可怎么说呢？

埃　迪　他只坐在那儿。马可一向不大吭声。

阿尔弗利　我猜想他们没告诉他吧，呃？到底是怎么回事？

埃　迪　我不知道，马可不大吭声。

阿尔弗利　你太太怎么说呢？

埃　迪　（不愿意接这个话茬儿）现在家里谁也不大吭声。你看该怎么办？

阿尔弗利　可你没证实他怎么样啊，听起来他好像只是还不够强壮，挣脱不掉你拢紧的胳臂。

埃　迪　我就是在告诉你我知道——他不大对头。谁要是不愿意那样，那他就可以挣脱。即使是一只耗子，你如果抓住一只小小的耗子，把它攥在手心里，它也要跟你斗一斗。可他就是不跟我那么斗一下，我明白，阿尔弗利先生，那小子不大对头。

阿尔弗利　你干吗那样做，埃迪？

埃　迪　让凯瑟琳看看他是个什么东西！这样她就可以一劳永逸地明白了。她妈会气得在坟墓里翻个身！（他近乎高傲地打起精神）那我现在该怎么办？告诉我该怎么办。

阿尔弗利　她确实说过要嫁给他吗？

埃　迪　她跟我这么说过。我该怎么办？（稍顿）

阿尔弗利　这是我最后的忠告，埃迪，听不听由你。你在道义上和法律上都无权干涉。这事你不能制止；凯瑟琳是个自由人。

埃　迪　（生气地）你难道没听见我方才跟你说的话吗？

阿尔弗利　（用一种强硬的语气说）我听见了你告诉我的话，我也答复了你的问题。我不仅是在告诉你，而且也是在警告你——法律合乎自然情理。法律只是对有权发生的事说句话罢了。法律要是错了，那是因为它违反自然情理，但在这问题上完全合情合理。你如果想反对，就会给淹没，自讨没趣。让凯瑟琳去吧，而且祝福她。（舞台另一端有一个公用电话亭，开始闪闪发亮，一种阴森森的淡蓝光。埃迪咬紧牙关，站起来）迟早总得有人把她带走的，埃迪。（埃迪开始转身走开；阿尔弗利怀着新的忧虑站起来）你会众叛亲离，埃迪！即使那些了解你的人也会反对你的，即使那些同情你的人也会蔑视你的！（埃迪离去）别再

那么想了！埃迪！（他跟着走进黑暗，绝望地叫喊着）

［埃迪走了。电话机这时在发亮。阿尔弗利身上的灯光消失。埃迪这当儿出现在电话机旁。

埃　迪　请告诉我移民局的电话号码。谢谢。（拨电话）我要举报一件事。非法移民。两个。是的。布鲁克林区，萨克森街四区四十一号。底层。什么？（挺费劲地）我只在那附近居住。什么？

［显然对方在进一步询问他，他慢慢挂上电话。他离开公用电话亭，正巧麦克和路易斯从街那头走过来。

路易斯　打保龄球去吗，埃迪？

埃　迪　不去，我得回家。

路易斯　好吧，放轻松。

埃　迪　再见。

［他们离开他，从右方下，他看着他们走掉。他向四处望一眼，接着上台阶进入家门。灯光照亮那套公寓房间。

贝特丽丝正在摘下圣诞节日的装饰品，收进一个盒子里。

埃　迪　人都到哪儿去了？（贝特丽丝没管理他）我说人都到哪儿去了？

贝特丽丝　（抬头瞧着他，感到厌烦，把自己对他的畏惧隐藏起来）我已经决定叫他们搬到楼上唐德罗太太那儿去住了。

埃　迪　什么，他们已经搬到上面去了？

贝特丽丝　嗯。

埃　迪　凯瑟琳呢？她在上面吗？

贝特丽丝　给他们送枕套去了。

埃　迪　她不跟他们一起搬上去吧？

贝特丽丝　听着，我对这事已经烦透了，腻透了。我已经烦透了，腻透了！

埃　迪　好啦，好啦，别着急。

贝特丽丝　我再也不想听到这事了，你明白吗？别再说了！

埃　迪　你发什么火呀？是谁把他们弄到这儿来的？

贝特丽丝　好吧，对不起。我真希望在叫他们来之前，自己一个跟头摔死才好。我真希望自己早已入土。

埃　迪　别摔死，光记住是谁把他们弄到这儿来的就行。（他心神不安地走来走去）我的意思是说，我在这儿还应该有点权利。（他走来走去，试图把她那种明显反对他的情绪压下去）这儿是我的家，不是他们的家。

贝特丽丝　你到底要我怎么样？他们已经搬出去了，你还要干什么？

埃　迪　我要我的尊严！

贝特丽丝　所以我才让他们搬出去，你还打算怎么样？现在你有你的房子了，你也有了你的尊严。

埃　迪　（走来走去，咬着嘴唇）我不喜欢你用这副腔调跟我说话，贝特丽丝。

贝特丽丝　我不是告诉你，我已经随你的心愿办了吗！

埃　迪　我不喜欢你用这副腔调跟我说话，用这种眼神瞧我。这儿是我的家。她是我的外甥女，我得对她负责。

贝特丽丝　所以你才对鲁道夫那样，是不是？

埃　迪　我对他哪样了？

贝特丽丝　你当着她的面对鲁道夫那样；你心里明白我指的是什么。凯瑟琳浑身发抖，她都睡不着觉了！

这就是你所说的对她负责吗?

埃　迪　(轻声地)那小子不大对头，贝特丽丝。(她没吭声)你听见我说的话了吗?

贝特丽丝　告诉你，我不想再提这事。就这样。(她又接着干她的活儿)

埃　迪　(帮她装那些小装饰品)我早晚得跟你把这事闹个明白，贝特丽丝。

贝特丽丝　没有什么得跟我闹个明白，事情已经解决了。现在咱们只当没那么一回事就得了。

埃　迪　可我要我的尊严，贝特丽丝，你也知道我指的是什么。

贝特丽丝　是什么?(停顿)

埃　迪　(终于铁了心)我在床上想怎么做，不想怎么做，我不想叫别人……

贝特丽丝　我什么时候说过这方面的话了?

埃　迪　你说过，你说过，我又不是聋子。贝特丽丝，我不想再谈这事了。我想怎么样就怎么样，不想怎么样就不怎么样。

贝特丽丝　好吧。(停顿)

埃　迪　贝特丽丝，你以前可不是这样。完全不是现在这种样子。

贝特丽丝　我没有变。

埃　迪　你过去并不是什么事都要跟我吵一通。最近一两年，我一进家门就不知道要撞上什么倒霉事。这儿简直就像个打靶场，我就是那只挨枪子儿的鸽子。

贝特丽丝　得了，得了吧。

埃　迪　别跟我说得了、得了的，我说的句句是大实话。做老婆的就应该相信丈夫。我如果告诉你那小子不对头，你就甭跟我说他对。

贝特丽丝　你怎么知道他不对？

埃　迪　因为我知道。我才不会到处去瞎诬告。我第一眼见到他，他就叫我心里别扭，不踏实。而且我也不爱听你说我不愿意让凯瑟琳出嫁。我为了给她缴学费，叫她学速记，好让她走出去，认识上层社会的人，自个儿拼命干活，累得都快喘不过气来了。我要是不愿意让她出嫁，能这样做吗？你有时说话就好像我是个疯子什么的。

贝特丽丝　可她爱他啊。

埃　迪　贝特丽丝，她还是个没长大的孩子，怎么能知道自己喜欢什么呢？

贝特丽丝　哼，全是你把她弄得像个没长大的孩子，你不让她出门见见世面。我早就跟你说过不止一百次。

埃　迪　好吧，那就让她出去。

贝特丽丝　她现在可不想出去。太晚了，埃迪。（停顿）

埃　迪　要是我叫她出去呢。要是我——

贝特丽丝　他俩下星期就要结婚了，埃迪。

埃　迪　（把头猛地转向她）是她这样说的吗？

贝特丽丝　埃迪，你如果肯听我劝，就去找她，祝她幸福。我想也许既然你已经畅所欲言，你就更了然于心。

埃　迪　下星期，干吗这么着急？

贝特丽丝　嗯，凯瑟琳一直担心鲁道夫会被抓走坐牢；一结婚，他就可以入美国籍了。她爱鲁道夫，埃迪。（他站起来，忐忑不安地走来走去）你干吗不去跟她说句好听的话呢？因为我仍然认为她希望你是她的朋友，你知道吗？（他站在那里，低头瞧着地板）我的意思是说，比如说，你告诉她你会去参加她的婚礼。

埃　迪　她这么问你了吗？

贝特丽丝　我知道她会这样希望的。我还想给她举办派对。我是说总应该有那样一次送行的表示，对不？我是说她今后生活上会有不少烦恼的，咱们让这场婚姻高高兴兴地开始。你说好吗？因为她内心还是很爱你的，埃迪。这我知道。（他用手捂住眼睛）你怎么啦，哭啦？（她走近他，双手捧着他的脸）去吧……你为什么不能去跟她道个歉呢？（凯瑟琳出现在楼梯顶层平台处，他俩听到她下楼声）喏……她下楼来了。得了，去跟她握下手。

埃　迪　（压抑地晃动一下）不行，我办不到，我不能跟她说话。

贝特丽丝　埃迪，去祝她好运，婚礼应该是快快活活的！

埃　迪　我出去一下，我出去走走。

［他走向舞台后方去拿外衣。凯瑟琳进来，朝卧室走去。

贝特丽丝　凯蒂？……埃迪，别走，等一下。（她温柔地挽着埃迪的胳臂）凯蒂，邀请他呀。来啊，亲爱的。

埃　迪　得了，我——（他往外走，她揪住他）

贝特丽丝　别走，她要邀请你。来啊，凯蒂，跟他说呀。咱们还要举办派对！咱们今后怎么办，难道彼此成为仇敌？过来呀！

凯瑟琳　埃迪，我要结婚了。你如果愿意参加的话，婚礼是在星期六举行。

埃　迪　好了。凯蒂，我只想为你好。我希望你明白这一点。

凯瑟琳　好吧。（她又往外走）

埃　迪　凯瑟琳？（她转身冲着他）我刚跟贝特丽丝说……你如果想出去玩玩，比如说——我的意思是，我认识到过去我把你管得太严了。他是你遇到的头一个小伙子，你明白吗？我是说，你现在已经有了工作，可能碰上更多的男孩子，你也许会改变主意，你明白吗？我是说你还是可以随时回到他身边来，你们俩都还是没长大的孩子。急什么呢？也许你到处走走，就可以长大一些！也许过上两三个月，你的想法就会改变。我是说你也许会感到惊奇，不一定非他不可啊。

凯瑟琳　不，我们已经拿定主意了。

埃　迪　（越来越焦急）凯蒂，等一下。

凯瑟琳　不，我已经决定了。

埃　迪　可你从来没认识过别的男人，凯蒂！你怎么能就此决定了呢？

凯瑟琳　因为我已经作出决定。除了他，我谁也不要。

埃　迪　可是凯蒂，要是他给抓走了呢？

凯瑟琳　所以我们要立刻办事。我们一举行完婚礼，他就可以去办理美国国籍，开始做个美国人。埃迪，我已经拿定了主意。我很抱歉。（对贝特丽丝）我能不能再给另外那两个人拿两个枕套？

贝特丽丝　当然可以，拿吧。只是让楼上的房东太太别忘了这是从哪儿拿的。

［凯瑟琳走进一间卧室。

埃　迪　她楼上另有别的新房客吗？

贝特丽丝　嗯，又有两个刚过来的小伙子。

埃　迪　你说刚过来，是什么意思？

贝特丽丝　从意大利来的啊。那个卖肉的利帕里的侄子。他们从巴里来，昨天刚到。以前我也没听说，马可和鲁道夫搬上去之后，我才知道。（凯瑟琳走进来，手里拿着两个枕套，走向出口）这倒也不赖，他们可以一块儿聊聊。

埃　迪　凯瑟琳！（她在门口站住。他同时也对贝特丽丝说）你们是怎么回事，没脑子吗？你们把他俩弄到楼上跟两个“黑人儿”住在一起？

凯瑟琳　怎么啦？

埃　迪　（又惊恐，又大发雷霆）怎么！你们怎么知道没人在跟踪这些家伙呢？他们会来抓他们，也会把马可和鲁道夫查出来！快把他们弄出这所房子！

贝特丽丝　可他们已经在这里住了很久了——

埃　迪　你怎么知道利帕里没有仇人呢？他们不会在他背后捅他一刀吗？

凯瑟琳　那我该把他们怎么办？

埃　迪　附近有的是空房子。你难道住得离他只隔一两个路段就活不了？快把他们弄出这所房子！

凯瑟琳　那，也许明天晚上我会——

埃　迪　别等明天，现在就办。凯瑟琳，你从来没跟别的人家打过交道！那些家伙要是给查出来，利帕里肯定要怪罪你或我，他全家都会跟咱们作对的。他们的脾气暴极了，那一家子人！

［两个穿大衣的人出现在门外，开始走进这所房子。

凯瑟琳 我今天晚上怎么找得到房子？

埃　迪 你别在这儿跟我拌嘴，马上把他们弄出去！你以为我总是在跟你打哈哈，闹着玩儿吗？你到底怎么回事，难道不相信我是在为你着想吗？我为自己要求过啥？你认为我没有感情，是不是？我一辈子跟你说的话，没有一句不是为了你好。没有一句不是！你瞧瞧你跟我说话这副样儿！就好像我是个仇人！好像我——（一阵敲门声。他把脑袋猛地一转，大家都呆站在那里。又是一阵敲门声，埃迪指着楼上，小声说）从后面太平梯上去，让他们赶快从后篱笆跳出去。

［凯瑟琳一动也没动，不明其理。

官员甲 （在走廊里）移民局！开开门！

埃　迪 走啊，走啊，快去！（她站在那里瞪视着他，惊恐地弄明白了）哎呀，你还看什么啊！

官员甲 开门！

埃　迪 （朝门口喊道）谁啊？

官员甲　移民局，开开门。

［埃迪转身望着贝特丽丝。她坐下。然后他又朝凯瑟琳望了一眼。凯瑟琳满腔怒火，呜咽着跑进卧室。

［又是一阵敲门声。

埃　迪　来啦，别着急，别着急。（他走过去把门打开。官员走进来）这是怎么回事？

官员甲　他们在哪儿？

［官员乙从他身旁掠过，向四周扫视，走进厨房。

埃　迪　谁在哪儿？

官员甲　得了，说出来，他们在哪儿？（他匆匆走进卧室）

埃　迪　谁啊，我们这儿没有外人。（他朝贝特丽丝瞧一眼，她把头掉转开。他愠怒而挑衅地向贝特丽丝走去）你这是怎么了？

［官员甲从卧室里走出来，向厨房那边喊着。

官员甲　多米尼克？

［官员乙从厨房里走出来。

官员乙　也许这是另外一套房子。

官员甲　楼上只有两层，我看着前门，你从太平梯上去。你先进去。上去时当心点。

官员乙　好吧，就这么办，查理。（官员甲走出公寓门，跑上楼去）这里是四区四十一号吗？

埃　迪　对。（官员乙走进厨房）

［埃迪转向贝特丽丝。这当儿，她瞧着他，看出他恐惧不安。

贝特丽丝　（吓得浑身无力）噢，老天爷，埃迪。

埃　迪　你怎么了？

贝特丽丝　（两手捂住脸）噢，我的上帝，我的上帝！

埃　迪　你怪我什么？

贝特丽丝　（终于转身朝他冲过去，而不是躲开他）我的天，你干了什么蠢事？

［外面楼梯上杂乱的脚步声引起他的注意。我们看见官员甲和马可先走下楼梯，身后是鲁道夫，凯瑟琳和另两名陌生的移民跟随在后，最后面是官员

乙。贝特丽丝慌忙走向门口。

凯瑟琳 （他们出现在楼梯上时，她挡在楼梯口，同官员甲争执起来）你们要对他们干什么？他们卖苦力，没干什么坏事。他们是楼上的房客，在码头上干活。

贝特丽丝 （对官员甲）喂，先生，你们要对他们干什么，他们招惹谁了？

凯瑟琳 （指着鲁道夫）他们不是“黑人儿”，他出生在费城。

官员甲 站开点，小姐。

凯瑟琳 你这是什么意思？你们不能随便闯进人家住宅就——

官员甲 好吧，别着急。（向鲁道夫）你是在费城哪条街上出生的？

凯瑟琳 哪条街，你这是什么意思？你能说清你是在哪条街出生的吗？

官员甲 当然可以。离这里四个路段，联合街一区十一号。咱们走一趟吧，伙计。

凯瑟琳 （推开他，挡着鲁道夫）不，不行！你们滚出去！

官员甲　听着，姑娘，他们如果一切合法，明天就可以出来。如果是非法进入美国，他们从哪儿来就回到哪儿去。如果你愿意的话，可以请个律师，不过我告诉你，那是白白浪费钱。咱们把他们弄上汽车吧，多米。（对其他人）走吧，走吧，咱们走吧。

［其他人都开始走动，马可留在后面没动。

贝特丽丝　（从门口往外说）他们招惹谁啦，老天爷，你们要把他们怎么着呀？他们在那边忍饥挨饿。你们要干什么啊！马可！

［马可突然从人群中挣脱出来，冲进房间，面对埃迪；贝特丽丝和官员甲急忙跑进来时，马可正往埃迪脸上啐唾沫。

［凯瑟琳跑进门道，扑进鲁道夫怀中。埃迪怒吼一声，向马可冲去。

埃　迪　噢，你妈的——！

［官员甲连忙插手干预，把埃迪从马可

身旁推开，马可站在那里怒斥。

官员甲　（站在两者之间，把埃迪从马可身旁推开）行了！

埃　迪　（扭头从官员甲的肩膀上方冲马可喊道）冲我啐唾沫，好哇，我非把你宰了不可，你这个臭婊子养的！

官员甲　嗨！（摇晃他）待在这儿，别出来，别理他不就完了吗。你听见没有？别出来，老伙计。

［安静片刻。官员甲转身揪住马可的胳臂，最后又朝埃迪递个眼色。他和马可走出门道时，埃迪咆哮起来。

埃　迪　我不会忘记这下子的，马可！你听见了没有？

［在门道外边，官员甲和马可走下楼梯。这当儿，在街上，路易斯、麦克和几个邻居，包括那个卖肉的利帕里——一个矮胖、易冲动的中年男人——围在门口那儿。

［利帕里走到两名陌生的移民身边，亲吻他们。他的妻子也哀哭着，走过去

吻他们的手。埃迪出现在他的房门口，冲马可喊叫。贝特丽丝尽力在制止他。

埃　迪　我得到的就是这样的感谢吗？我把自己盖的毯子给你盖，呃？你得向我赔礼道歉，马可！马可！

官员甲　（和马可在门廊里）行了，小姐，让他们走一趟吧。上车吧，伙计，车子在那边呐。

［鲁道夫几乎把抽抽噎噎的凯瑟琳带到街头，然后离开。

凯瑟琳　他是在费城出生的！你们要对他干什么？

官员甲　站开点，小姐，走吧……

［官员乙已经和两名陌生的移民下。这时马可趁官员甲在同凯瑟琳周旋时，忽然又挣脱出来，回身指着埃迪。

马　可　就是那个家伙！我咒骂的就是那个家伙！

［埃迪把贝特丽丝推开，冲到门口。

官员甲　（拉住他，迅速把他推向街左边）算了吧！

马　可　（一边被人拉走，一边回头指着埃迪）就是那个家伙！他杀死了我的孩子！那个家伙从我孩子嘴里抢夺吃的！

［马可走了。人群转向埃迪。

埃　迪　（对利帕里夫妇说）他疯了！我把自己盖的毯子给他们盖。我待他们跟自己的亲兄弟一样，足足养了他们六个月！

［卖肉的利帕里，转身用胳臂挽着妻子，走向左方。

埃　迪　利帕里！（他跟随利帕里，也走向左方）我看在耶稣面上，收留了他们，我把自己盖的毯子给他们盖！

［利帕里夫妇下。埃迪又转身朝右面的路易斯和麦克走去。

埃　迪　路易斯！路易斯！

［路易斯头也没回就同麦克从右方下。大门口只剩下贝特丽丝一人。这当儿，凯瑟琳茫然若失地从台后和那辆汽车那边回来。埃迪追随在路易斯和麦克身后叫喊。

埃　迪　他必须收回刚才的话。他非得收回不可，否则

我就宰了他！你们听见没有？我要宰了他，我要宰了他！（他叫喊着，从街那头下）

［灯暗片刻，然后再照亮一间监狱的接待室。马可坐着，阿尔弗利、凯瑟琳和鲁道夫站在那里。

阿尔弗利　我在等待，马可，你到底怎么说？

鲁道夫　马可从来没伤害过任何人。

阿尔弗利　我可以把你保出来，直到听审。可我不准备这样做，你明白吗？除非你对我许下诺言。你是个光明正大的人，我会相信你的诺言。现在，你到底怎么说？

马　可　要是在我的国家，他早就完蛋啦，他活不到现在。

阿尔弗利　好啦，鲁道夫——那你现在跟我来。

鲁道夫　不！求求你，先生，马可——就答应这位先生吧。求求你，我要你看着我们举行婚礼。你给关在这儿，我怎么能去结婚呢？求求你，你不会去干什么傻事的；你心里明白你不会的。

［马可沉默不语。

凯瑟琳　（跪在马可左边）马可，你难道不明白吗？你要是出去干什么不好的事，他就不能保你出狱呀。让埃迪见鬼去吧。他就是活到一百岁，也不会再有人理他啦。大家都知道你冲他的脸啐唾沫，这也就够了，是不是？顺从我的心意吧——我要你参加婚礼。你还有妻儿老小，马可。你可以继续干活儿，一直干到听审，而不是白白给关在这里啥也不干啊。

马　可　（对阿尔弗利）我没有别的机会了吗？

阿尔弗利　（走到马可身后）没有，马可。你还得回来。听审只是个形式罢了。

马　可　可是他呢？他还有机会，对不对？

阿尔弗利　凯瑟琳一嫁给他，他就可以成为美国人。如果妻子出生在美国，他们允许这么办。

马　可　（瞧着鲁道夫）这么一说——咱们多少还是办成了点事。（他把一只手搭在鲁道夫的胳臂上，后者用手握紧它）

鲁道夫　马可，就跟这位先生说一句吧。

马　可　（把手抽回）跟他说什么？他知道那样的诺言是不光彩的。

阿尔弗利　许下不杀人的诺言并非不光彩。

马　可　（瞧着阿尔弗利）是这样吗？

阿尔弗利　是。

马　可　（晃晃脑袋作出表示——又有个新的想法）那这种人怎么处置？

阿尔弗利　他如果遵守法律，就可以继续活下去。就这样。

马　可　（站起来，转向阿尔弗利）法律？法律并不完全是写在一本书里。

阿尔弗利　是在一本书里。没有其他法律了。

马　可　（又冒起火来）他侮辱了我的弟弟。我的亲人。他抢劫了我的孩子，他嘲笑我的工作。我上这儿来是为了干活儿，先生！

阿尔弗利　这我知道，马可——

马　可　可是这就没有法律来保护吗？这种法律在哪儿呐？

阿尔弗利　没有。

马　可　（摇着脑袋坐下）这个国家我可真不明白。

阿尔弗利　好了，你到底怎么答复？你还可以去干五六个星期的活儿。要不然你就蹲在这儿。你打算对我怎么说？

马　可　（垂下眼帘，似乎感到羞耻）好吧。

阿尔弗利　你一定不碰他。这是你的诺言。

［稍顿。

马　可　他也许想要向我道歉。

［马可朝别处望去。阿尔弗利拿起他的一只手。

阿尔弗利　这里不是上帝在作评判。你听见吗？只有上帝赏罚公正。

马　可　好吧。

阿尔弗利　（点点头，但并非十分确信）行了！凯瑟琳，鲁道夫，马可，咱们走吧。

［凯瑟琳吻鲁道夫和马可的手，然后又吻阿尔弗利的手。

凯瑟琳　我去接贝特丽丝，咱们在教堂见面。（她急忙离去）

［马可站起来。鲁道夫立刻拥抱他。马可轻轻拍拍他的后背，然后鲁道夫跟随凯瑟琳下。马可面对阿尔弗利。

阿尔弗利　只有上帝才公正，马可。

[马可转身走出去。阿尔弗利踩着列队行进的步伐随下。灯暗。

[灯光照亮公寓房间。埃迪独自在摇椅上，小幅度地前后摇晃着。停顿。贝特丽丝从卧室里走出来。她穿着最好的一套衣服，戴着一顶帽子。

贝特丽丝 （怵怵忐忐地走向埃迪）我去一下，不到一小时就回来，好吗？

埃　迪 （声音轻得几乎叫人听不见，好像精疲力竭似的）什么，我难道在自说自话吗？

贝特丽丝 埃迪，别这样，今天她举行婚礼啊。

埃　迪 你听见我跟你说过的话没有？你要是从那个门出去参加她的婚礼，就永远别再回来，贝特丽丝。

贝特丽丝 为什么？你要干什么？

埃　迪 我要我的尊严。你从来没听说过这个吧。我老婆嘴里曾经说过这句话吗？

[凯瑟琳从卧室里走出来。

凯瑟琳 已经过三点了；咱们应该早已到那儿了，贝特丽丝。神甫是不等人的。

贝特丽丝　埃迪，这是她的婚礼。她家里没人在场。看在我姐姐的分上，让我去吧。我是代表我姐姐去的。

埃　迪　（受了委屈似的）瞧，我已经跟你足足争论了一整天，贝特丽丝，我原来怎么说，现在还是怎么说。他得先到这儿来向我道歉，否则这家里的人今天谁也甭打算进教堂。如果你觉得他们对你来说比我更重要，那就去吧。可别再回来。你要么站在我这一边，要么站在他们那一边，没别的可说了。

凯瑟琳　（蓦地）你究竟以为你是老几？

贝特丽丝　嘘！

凯瑟琳　你没有权利再教训任何人！谁也不听你的！你这下半辈子别想再教训任何人！

贝特丽丝　住口，凯蒂！（她把凯瑟琳的身子调转过去）

凯瑟琳　您非跟我去不可！

贝特丽丝　我不能去，凯蒂，我不能……

凯瑟琳　您怎么能听他的话呢？这个告密的耗子！

贝特丽丝　（摇晃凯瑟琳）别那样骂他！

凯瑟琳 （挣脱开贝特丽丝）您怕他什么？他就是个告密的耗子！他应该在阴沟里待着！

贝特丽丝 住口！

凯瑟琳 （哭诉）人家在睡觉时，他咬人家！没人看着，他就偷偷进来对体面的好人下毒手。他只配待在垃圾堆里！

［埃迪像是要把桌子抬起来向她扔过去。

贝特丽丝 别这样，埃迪！埃迪！（对凯瑟琳）那咱们都应该待在垃圾堆里，你和我也都算在里头。别那么说了。不管出了什么事，咱们人人有份，这你可别忘了，凯瑟琳。（她走向凯瑟琳）现在去吧，结婚去吧，凯蒂，我留在家里。去吧，上帝保佑你，上帝保佑你将来的孩子。

［鲁道夫上。

鲁道夫 埃迪？

埃　迪 谁让你进来的？滚出去！

鲁道夫 马可就要到这儿来了，埃迪。（停顿。贝特丽丝吓得举起双手）他眼下在教堂里祈祷呐。你明白吗？（停顿。鲁道夫走进屋子）凯瑟琳，我想咱们最好还是走吧。跟我来。

凯瑟琳　埃迪，走开吧，求求你。

贝特丽丝　（轻声地）埃迪，咱们到别处去转转吧。来。你和我，咱们俩。（他没有动）他到这儿来，我不愿意你在这儿。我给你拿大衣去。

埃　迪　去哪儿？我去哪儿？这儿是我的家。

贝特丽丝　（大声喊道）这有什么用呢？他现在疯了，你知道他们的作风，这有什么好处呢？你跟马可也没有什么大不了的仇恨，你一直都挺喜欢他的！

埃　迪　我跟马可没有什么仇恨？他在大街上当着全体邻居的面骂我是告密的耗子！他说是我杀害了他的孩子！你那时到哪儿去了，难道没听见？

鲁道夫　（十分突然地走向埃迪）都是我的错儿，埃迪。一切都怪我。我要向你道歉。我事先没征求你的同意，是我错了。我吻你的手。（他伸手去拿埃迪的手，可是埃迪甩开了）

贝特丽丝　埃迪，他在向你道歉呐！

鲁道夫　全是我造成的麻烦。可你也侮辱了我。也许上帝理解你为什么要那样对待我。也许你根本就没有侮辱我的意思——

贝特丽丝　听他说呀，埃迪！听他在跟你说什么呐！

鲁道夫　也许等马可来到，可以告诉他，咱们现在又是同志了，咱们之间不再有什么争执。也许马可就不会——

埃　迪　现在，听我说——

凯瑟琳　埃迪，给他个机会吧！

贝特丽丝　你要干什么！埃迪，你要干什么！

埃　迪　我要我的名声！他毁了我的名声；他是个混混。马可毁了我的名声——（对鲁道夫）你可以跑去告诉他，小子，他必须当着这儿全体街坊邻居的面还我的名声，否则咱们就得弄个明白。（朝上提提他的裤子）来吧，他在哪儿？带我到他那儿去。

贝特丽丝　埃迪，听着——

埃　迪　我听够了！来，咱们走吧！

贝特丽丝　非要流血才好吗？他已经吻了你的手！

埃　迪　他这样做，屁用也没有！（对鲁道夫）走吧！

贝特丽丝　（站在楼梯口挡住去路）这样去是什么意思？听我说啊，我爱你，我在跟你讲道理呐，我爱你；就是马可在外面当众吻你的手，就是他对你下跪，你又得到什么呢？那也不是你想要的啊。

埃　迪　别管我的事！

贝特丽丝　你心中想要的是别的，埃迪，可你永远也甭想得到凯瑟琳！

凯瑟琳　（目瞪口呆）贝！

埃　迪　（大为震惊，紧握拳头）贝特丽丝！

［马可出现在外面，从远处走向门口。

贝特丽丝　（哭泣着，叫喊着）说出这个事实并不比流血更坏，埃迪！我是在把事实讲给你听呐——跟她永别吧！

埃　迪　（痛苦地喊道）你居然这样想我——认为我会有这种想法？（他用双手抱紧脑袋，仿佛脑袋要裂开似的）

马　可　（在门口附近喊道）埃迪·卡博恩！

［埃迪突然一转身，所有人都惊呆了。外面渐渐聚集了人群。

埃　迪　（恣意挑衅似的）好哇，马可！埃迪·卡博恩。埃迪·卡博恩。埃迪·卡博恩在这儿。（他走向楼梯口，从公寓房子里出来；鲁道夫赶上前去，越过他，直朝马可跑去）

鲁道夫　别这样，马可，求求你！埃迪，求求你，他还有孩子！你这会害了一家子人啊！

贝特丽丝　进家去！埃迪，进家去！

埃　迪　（渐渐对人群说起话来）也许他是来向我道歉的。嗨，马可？为了你当着全体街坊邻居的面骂过我的那些话，来向我道歉吗？（他越来越愤怒，偶尔格格笑两声，可是两眼杀气腾腾；他还摆出一副出奇的轻松劲儿，劈劈啪啪地按响手指的关节）他知道自己做错了。那样子干？对一个男子汉大丈夫？是我收留了他们，喂养他们，呃？同《圣经》里说的一样，呃？就是这样宽待我从没见过的陌生人，呃？从水里钻出来，为了获得护照就强夺一个姑娘。来到你家就把她领走，就像从马厩里领走一样——吭都不吭一声，呃？现在还变本加厉地咒骂我！（直接对马可说）在街坊邻居面前把我的名声当作一块脏抹布擦来擦去！我要我的名声，马可。（这当儿，他小心警惕地朝马可走去）现在先恢复我的名声，然后咱们就一块儿去参加婚礼。

贝特丽丝和凯瑟琳　（哀求着）埃迪！埃迪，别这样！

埃迪！

埃　迪　不行，马可分得清是非。对大伙儿说，对他们说你是个什么样的骗子！（他张开两只胳臂，马可也张开他的）来吧，骗子，好汉做事好汉当！（他扑向马可，人群中发出一阵低呼）

［马可挥拳，朝埃迪脖子左边猛击一下。

马　可　畜生！你给我跪下求饶！

［埃迪被击倒在地。马可正要用一只脚去踩他，埃迪倏地在手中亮出一把匕首，马可朝后倒退。路易斯奔向埃迪。

路易斯　埃迪，千万使不得！

［埃迪举起匕首，路易斯站住，直往后退。

埃　迪　马可，你造谣污蔑我。你再说，你敢再说，说啊！

马　可　畜——生！

［埃迪举刀冲过去。马可抓住他的胳膊，把刀尖朝回拧，刺进埃迪的胸膛。两个女人、路易斯和麦克急忙冲过去，

把两人扯开。埃迪手中还握着匕首，倒在马可面前。两个女人搀了他一下，一声连一声地唤他的名字。

凯瑟琳　埃迪，我从来没想做什么对不起你的事啊。

埃　迪　那你干吗——噢，贝！

贝特丽丝　哎，哎！

埃　迪　我的贝！

［他死在她的怀里，贝特丽丝上身扑倒在他身上。阿尔弗利从人群中走出来，面对观众。灯光渐暗，只有一束灯光打在他身上；在他身后，不断响起人群单调的祈祷声和女人的哭泣声。

阿尔弗利　如今我们大都不过分较真儿了，愿望能实现一半也就满足了，我也更喜欢这样。但是真理是神圣的。尽管我知道他犯了大错，他的死亡是多么的无谓，我还是为之战栗，因为我承认一想到他，脑中就浮现某种异常的纯粹——不是纯粹的好，可他本人却是纯粹的，因为他让人彻底了解他，我为此更喜欢他，胜过喜欢我其他那些明白事理的委托人。然而，还是别过分较真儿来得好，应该这样！因此，我怀着某种……惊惶——这一点我承认——来哀悼他。

——幕落·剧终

Arthur Miller
A VIEW FROM THE BRIDGE

图字：09－2018－1300 号

图书在版编目(CIP)数据

桥头眺望/(美) 阿瑟·米勒（Arthur Miller）著；屠珍，梅绍武译. —上海：上海译文出版社，2020. 7
（阿瑟·米勒作品系列）
书名原文：A VIEW FROM THE BRIDGE
ISBN 978－7－5327－8344－1

Ⅰ. ①桥… Ⅱ. ①阿…②屠…③梅… Ⅲ. ①话剧—剧本—美国—现代 Ⅳ. ①I712. 35

中国版本图书馆 CIP 数据核字(2020)第 075682 号

桥头眺望
A View from the Bridge

Arthur Miller
阿瑟·米勒 著
屠珍 梅绍武 译

出版统筹 赵武平
责任编辑 王 源
装帧设计 周安迪

上海译文出版社有限公司出版、发行
网址：www. yiwen. com. cn
200001 上海福建中路 193 号
杭州宏雅印刷有限公司印刷

开本 787×1092 1/32 印张 5. 5 插页 5 字数 58，000
2020 年 8 月第 1 版 2020 年 8 月第 1 次印刷

ISBN 978－7－5327－8344－1/I·5113
定价：39. 00 元